प्रेमचन्द की बाल कहानियां

पंच परमेश्वर

और अन्य कहानियां

मुंशी प्रेमचन्द

डायमंड बुक्स

www.diamondbook.in

प्रकाशक: डायमंड पॉकेट बुक्स (प्रा.) लि.
X-30, ओखला इंडस्ट्रियल एरिया, फेज-II
नई दिल्ली-110020
फोन : 011-40712200
ई-मेल : sales@dpb.in
वेबसाइट : www.diamondbook.in

Panch Parmeshwar & Other Stories
By : Munshi Premchand

कहानीकार प्रेमचंद

प्रेमचंद हिंदी-साहित्य के एक ऐसे कथाकार का नाम है, जिनसे सामान्य-से-सामान्य साक्षर व्यक्ति भी परिचित है। प्रेमचंद झोपड़ी के राजा थे, इसीलिए उनके साहित्य की पहुँच झोपड़ी से लेकर राजमहल तक है। झोपड़ी और राजमहल के बीच का रास्ता भी उन्होंने उड़कर पार नहीं किया, अर्थात झोपड़ी से लेकर राजमहल तक जो कुछ भी प्रेमचंद के दृष्टि-पक्ष में आया, वह उनके साहित्य का विषय बन गया। कैसा होगा वह साहित्यकार, जो अपने जीवन-पक्ष में सब कुछ को स्वीकारता चला गया, अपनाता चला गया। किसी को भी उससे उपेक्षा नहीं मिली, चाहे वह राह का पत्थर था या मंदिर का देवता। प्रेमचंद की दृष्टि में सब समान थे। वे दीन-दुखियों के पक्षधर, कृषकों के मित्र, अन्याय के विरोधी, शोषण के शत्रु और साहित्य के देवता थे।

हिंदी कथा साहित्य में प्रेमचंद के आगमन से एक नए युग का सूत्रपात हुआ। उन्होंने हिंदी-कहानी को नया आयाम दिया और उसे अनंत विस्तारमय क्षितिजों का संस्पर्श कराया।

प्रेमचंद के साहित्य की सबसे बड़ी शक्ति है, जीवन के प्रति उनकी ईमानदारी। उनकी यह ईमानदारी कहानियों में बखूबी दिखती है। उन्होंने बच्चों को ध्यान में रखते हुए अनेक कहानियां लिखीं। ये कहानियां मनोरंजक होने के साथ ज्ञानवर्धक स्रोत भी

हैं। उनके साहित्य में भारतीय जीवन का सच्चा और यथार्थ चित्रण हुआ है। प्रसिद्ध साहित्यकार प्रकाशचंद गुप्त ने लिखा है, 'यह भारत नगरों और गाँवों में, खेतों और खलिहानों में, सँकरी गलियों और राजपथों पर सड़कों और गलियारों में, 'छोटे-छोटे खेतों और टूटी-फूटी झोपड़ियों में निवास करता है। इस जीवन को प्रेमचंद अपनी लेखनी की शक्ति से बदलना चाहते थे और इसमें बड़ी मात्रा में वे सफल भी हुए।

प्रेम चंद क्रांतिकारी चिंतक थे। अन्याय और कुरीतियों पर प्रेमचंद ने चौमुखी आक्रमण किया। प्रेमचंद एक ऐसा हीरा है, जिसमें अनेक कटाव हैं और हर कटाव में साहित्य के बहुविध रूप अनयास ही प्रतिबिंबित हैं।

प्रेमचंद हमारे युग के साहित्य-सूर्य थे। उनके व्यक्तित्व एवं कृतित्व का लेख-जोखा हम यथातथ्य नहीं कर पाएंगे, क्योंकि इतिहास की दृष्टि से वे अब भी हमारे सन्निकट ही हैं। उनकी महानता कुछ ऐसी है कि वह समय के प्रवाह के साथ उत्तरोत्तर अग्रसर होने पर ओर अधिक जगमगाएँगे। फिर उनके प्रति अपनी श्रद्धांजलि समर्पित करने में एक अनिर्वचनीय सुख अनुभूति होती है। आज का साहित्य ही नहीं, राष्ट्र का गौरव भी प्रेमचंद की ही विरासत है।

इस संकलन में हमने बालमन को छूने वाली उन कहानियों को चुना है, जो प्रेमचंद को एक बाल साहित्यकार के रूप में परिचित कराती हैं। ये कहानियां बच्चों के अलावा आम पाठकों के लिए भी रुचिकर होंगी क्योंकि इनमें शिक्षा के साथ मनोरंजन भी है।

—प्रकाशक

विषय सूची

पंच परमेश्वर

जुम्मन शेख और अलगू चौधरी में गाढ़ी मित्रता थी। साझे में खेती होती थी। कुल लेन-देन में भी साझा था। एक को दूसरे पर अटल विश्वास था। जुम्मन जब हज़ करने गए थे, तब अपना घर अलगू को सौंप गए थे और अलगू जब कभी बाहर जाते तो जुम्मन पर अपना घर छोड़ देते थे। उनमें न खान-पान का व्यवहार था, न धर्म का नाता; केवल विचार मिलते थे। मित्रता का मूलमंत्र भी यही है।

इस मित्रता का जन्म उसी समय हुआ, जब दोनों मित्र बालक ही थे और जुम्मन के पूज्य पिता, जुमराती, उन्हें शिक्षा प्रदान करते थे। अलगू ने गुरुजी की बहुत सेवा की थी, खूब रकाबियां मांजी, खूब प्याले धोए। उनका हुक्का एक क्षण के लिए भी विश्राम न ले पाता था; क्योंकि प्रत्येक चिलम अलगू को आधे घण्टे तक किताबों से अलग कर देती थी। अलगू के पिता पुराने विचारों के मनुष्य थे। उन्हें शिक्षा की अपेक्षा गुरु की सेवा-सुश्रुषा पर अधिक विश्वास था। वह कहते थे कि विद्या पढ़ने से नहीं आती; जो कुछ होता है, गुरु के आशीर्वाद से। बस गुरुजी की कृपादृष्टि चाहिए। अतएव यदि अलगू पर जुमराती शेख के आशीर्वाद अथवा सत्संग का कुछ फल न हुआ, तो वह यह मानकर संतोष कर लेगा कि विद्योपार्जन में

मैंने यथाशक्ति कोई बात उठा नहीं रखी; विद्या उसके भाग्य में न थी, तो कैसे आती?

मगर जुमराती शेख स्वयं आशीर्वाद के कायल न थे। उन्हें अपने सोटे पर अधिक भरोसा था और उसी सोटे के प्रताप से आज आस-पास के गांवों में जुम्मन की पूजा होती थी। उनके लिखे हुए रेहननामे या बैनामे पर कचहरी का मुहर्रिर भी कलम न उठा सकता था। हलके का डाकिया, कांस्टेबल और तहसील का चपरासी—सब उनकी कृपा की आकांक्षा रखते थे। अतएव अलगू का मान उनके धन के कारण था, तो जुम्मन शेख अपनी अनमोल विद्या से ही सबके आदरपात्र बने थे।

*   *   *

जुम्मन शेख की एक बूढ़ी खाला (मौसी) थी। उसके पास कुछ थोड़ी-सी मिल्कियत थी; परन्तु उसके निकट संबंधियों में कोई न था। जुम्मन ने लम्बे-चौड़े वादे करके वह मिल्कियत अपने नाम लिखवा ली थी। जब तक दान-पात्र की रजिस्ट्री नहीं हुई थी, तब तक खालाजान का खूब आदर-सत्कार किया गया। उन्हें खूब स्वादिष्ट पदार्थ खिलाए गए। हलवे-पुलाव की वर्षा-सी की गई; पर रजिस्ट्री की मोहर ने इन खातिरदारियों पर मानो मुहर लगा दी। जुम्मन की पत्नी करीमन रोटियों के साथ कड़वी बातों के कुछ तेज-तीखे सालन भी देने लगी। जुम्मन शेख भी निष्ठुर हो गए। अब बेचारी खालाजान को प्राय: नित्य ही ऐसी बातें सुननी पड़ती थीं।

'बुढ़िया न जाने कब तक जिएगी। दो-तीन बीघे ऊसर क्या दे दिया, मानो मोल ले लिया है। बघारी दाल के बिना रोटियां नहीं उतरतीं! जितना रुपया इसके पेट में झोंक चुके, उतने से अब तक गांव मोल ले लेते।'

कुछ दिन खालाजान ने सुना और सहा; पर जब न सहा गया, तब जुम्मन से शिकायत की। जुम्मन ने गृहस्वामी के प्रबंध में दखल देना उचित न समझा। कुछ दिन तक और यों ही रो-धोकर काम चलता रहा। अन्त में एक दिन खाला ने जुम्मन से कहा—'बेटा! तुम्हारे साथ मेरा निर्वाह न होगा। तुम मुझे रुपये दे दिया करो, मैं अपना पका-खा लूंगी।'

जुम्मन ने धृष्टता के साथ उत्तर दिया—'रुपये क्या यहां फलते हैं?'

खाला ने नम्रता से कहा—'मुझे कुछ रूखा-सूखा चाहिए कि नहीं?'

जुम्मन ने गम्भीर स्वर में जवाब दिया—'तो कोई यह थोड़े ही समझा था कि तुम मौत से लड़कर आयी हो?'

खाला बिगड़ गई, उन्होंने पंचायत करने की धमकी दी। जुम्मन हंसे, जिस तरह कोई शिकार हिरन को जाल की तरफ जाते देखकर मन-ही-मन हंसता है। वह बोले—'हां, जरूर पंचायत करो। फैसला हो जाये। मुझे भी यह रात-दिन की खटपट पसंद नहीं।'

पंचायत में किसकी जीत होगी, इस विषय में जुम्मन को कुछ भी संदेह न था। आस-पास के गांवों में ऐसा कौन था, जो उसके अनुग्रहों का ऋणी न हो; ऐसा कौन था, जो उसको शत्रु बनाने का साहस कर सके? किसमें इतना बल था जो उसका सामना कर सके? आसमान के फरिश्ते तो पंचायत करने आएंगे नहीं।

*   *   *

इसके बाद कई दिन तक बूढ़ी खाला हाथ में एक लकड़ी लिए आस-पास के गांवों में दौड़ती रही। कमर झुककर कमान हो

गई थी। एक-एक पग चलना दूभर था; मगर बात आ पड़ी थी। उसका निर्णय करना ज़रूरी था।

बिरला ही कोई भला आदमी होगा, जिसके सामने बुढ़िया ने दुःख के आंसू न बहाए हों। किसी ने तो यों ही ऊपरी मन से हूं-हूं करके टाल दिया और किसी ने इस अन्याय पर जमाने को गालियां दी। कहा– 'कब्र में पांव लटके हुए हैं, आज मरे, कल दूसरा दिन; पर हवस नहीं मानती। अब तुम्हें क्या चाहिए? रोटी खाओ और अल्लाह का नाम लो। तुम्हें अब खेती-बारी से क्या काम है?' कुछ सज्जन भी थे, जिन्हें हास्य-रस के रसास्वादन का अच्छा अवसर मिला। झुकी हुई कमर, पोपला मुंह, सन के-से बाल–इतनी सामग्री एकत्र हो, तब हंसी क्यों न आवे? ऐसे न्यायप्रिय, दयालु, दीन-वत्सल पुरुष बहुत कम थे जिन्होंने उस अबला के दुखड़े को गौर से सुना हो और उसको सांत्वना दी हो। चारों ओर से घूम-घामकर बेचारी अलगू चौधरी के पास आयी। लाठी पटक दी और दम लेकर बोली–'बेटा, तुम भी दम-भर के लिए चले आना।'

अलगू–'मुझे बुलाकर क्या करेगी? गांव के कई आदमी तो आवेंगे ही।'

खाला–'अपनी विपद तो मैं सबके आगे रो आयी। अब आने-न आने का अख्तियार उनको है।'

अलगू–'यों आने को आ जाऊंगा; मगर पंचायत में मुंह न खोलूंगा।'

खाला–'क्यों बेटा?'

अलगू–'अब इसका क्या जवाब दूं? अपनी खुशी! जुम्मन मेरा पुराना मित्र है। उससे बिगाड़ नहीं सकता।'

खाला–'बेटा, क्या बिगाड़ के डर से ईमान की न कहोगे?'

हमारे सोए हुए धर्म-ज्ञान की सारी सम्पत्ति लुट जाए, तो उसे खबर नहीं होती, परन्तु ललकार सुनकर वह सचेत हो जाता है। फिर उसे कोई जीत नहीं सकता। अलगू इस सवाल का कोई उत्तर न दे सका, पर उसके हृदय में ये शब्द गूंज रहे थे—

क्या बिगाड़ के डर से ईमान की बात न कहोगे?

* * *

संध्या समय तक एक पेड़ के नीचे पंचायत बैठी। शेख जुम्मन ने पहले से ही फ़र्श बिछा रखा था। उन्होंने पान, इलायची, हुक्के-तम्बाकू आदि का प्रबंध भी किया था। हां, वह स्वयं अलबत्ता अलगू चौधरी के साथ जरा दूर पर बैठे हुए थे। जब पंचायत में कोई आ जाता था, तब दबे हुए सलाम से उसका स्वागत करते थे। जब सूर्य अस्त हो गया और चिड़ियों की कलरवयुक्त पंचायत पेड़ों पर जा बैठी, तब यहां भी पंचायत शुरू हुई। फर्श की एक-एक अंगुल ज़मीन भर गई; पर अधिकांश दर्शक ही थे। निमंत्रित महाशयों में केवल वे ही लोग पधारे थे, जिन्हें जुम्मन से अपनी कुछ कसर निकालनी थी। एक कोने में आग सुलग रही थी। नाई ताबड़तोड़ चिलम भर रहा था। यह निर्णय करना असम्भव था कि सुलगते हुए उपलों से अधिक धुंआ निकलता था या चिलम के दमों से। लड़के इधर-उधर दौड़ रहे थे। कोई आसपास में गाली-गलौज करते और कोई रोते थे। चारों तरफ कोलाहल मच रहा था। गांव के कुत्ते इस जमाव को भोज समझकर झुंड के झुंट जमा हो गए थे।

पंच लोग बैठ गए, तो बूढ़ी खाला ने उनसे विनती की—

'पंचों आज तीस साल हुए, मैंने अपनी सारी जायदाद अपने भांजे जुम्मन के नाम लिख दी थी। इसे आप लोग जानते ही होंगे। जुम्मन ने मुझे ताहयात रोटी-कपड़ा देना कबूल किया। साल-भर तो

मैंने इसके साथ रो-धोकर काटा। पर अब रात-दिन का रोना नहीं सहा जाता। मुझे न पेट की रोटी मिलती है, न तन का कपड़ा। बेकस बेवा हूं। कचहरी-दरबार नहीं कर सकती। तुम्हारे सिवा और किससे अपना दुःख सुनाऊं? तुम लोग जो राह निकाल दो, उसी राह पर चलूं। अगर मुझमें कोई ऐब देखो, तो मुझ पर थप्पड़ मारो। जुम्मन में बुराई देखो तो उसे समझाओ, क्यों एक बेकस की आह लेता है। मैं पंचों का हुक्म सिर-माथे पर चढ़ाऊंगी।'

रामधन मिश्र, जिनके कई असमियों को जुम्मन ने अपने गांव में बसा लिया था, बोले–'जुम्मन मियां, किसे पंच बदते हो? अभी इसका निपटारा कर लो। फिर जो कुछ पंच कहेंगे, वहीं मानना पड़ेगा।'

जुम्मन को इस समय सदस्यों में विशेषकर वे ही लोग दीख पड़े, जिनसे किसी-न-किसी कारण उनका वैमनस्य था। जुम्मन बोले–'पंचों का हुक्म अल्लाह का हुक्म है। खालाजान जिसे चाहे उसे बदे। मुझे कोई उज़्र नहीं। '

खाला ने चिल्लाकर कहा–'अरे अल्लाह के बंदे! पंचों का नाम क्यों नहीं बता देता? कुछ मुझे भी तो मालूम हो।'

जुम्मन ने क्रोध से कहा–'अब इस वक्त मेरा मुंह न खुलवाओ। तुम्हारी बन पड़ी है, जिसे चाहो, पंच बदो।'

खालाजान जुम्मन के आक्षेप को समझ गई, वह बोलीं–'बेटा, खुदा से डरो। पंच न किसी के दोस्त होते हैं, न किसी के दुश्मन। कैसी बात कहते हो! अगर तुम्हारा किसी पर विश्वास न हो, तो जाने दो; अलगू चौधरी को मानते हो? लो, मैं उन्हीं को सरपंच बदती हूं।'

जुम्मन शेख आनंद से फूल उठे; परन्तु भावों को छिपाकर बोले–'अलगू ही सही, मेरे लिए जैसे रामधन वैसे अलगू।

अलगू इस झमेले में फंसना नहीं चाहते थे। वे कन्नी काटने लगे। बोले–'खाला, तुम जानती हो कि मेरी जुम्मन से गाढ़ी दोस्ती है।'

खाला ने गम्भीर स्वर से कहा–'बेटा, दोस्ती के लिए कोई अपना ईमान नहीं बेचता। पंच के दिल में खुदा बसता है। पंचों के मुंह से जो बात निकलती है, वह खुदा की तरफ से निकलती है।'

अलगू चौधरी सरपंच हुए। रामधन मिश्र और जुम्मन के दूसरे विरोधियों ने बुढ़िया को मन में बहुत कोसा।

अलगू चौधरी बोले–'शेख जुम्मन हम और तुम पुराने दोस्त हैं। जब काम पड़ा, तुमने हमारी मदद की है और हम भी जो कुछ बन पड़ा, तुम्हारी सेवा करते रहे हैं; मगर इस समय तुम और बूढ़ी खाला, दोनों हमारी निगाह में बराबर हो। तुमने पंचों से जो कुछ अर्ज करनी हो करो।'

जुम्मन को पूरा विश्वास था कि अब बाजी मेरी है। अलगू यह सब दिखावे की बातें कर रहा है। अतएव शांतचित्त होकर बोले–'पंचों, तीन साल हुए, खालाजान ने अपनी जायदाद मेरे नाम हिब्बा कर दी थी। मैंने उन्हें ताहयात खाना-कपड़ा लेना कबूल किया था। खुदा गवाह है, आज तक मैंने खालाजान को कोई तकलीफ नहीं दी। मैं उन्हें अपनी मां के समान समझता हूं। उनकी खिदमत करना मेरा फर्ज है; मगर औरतों में जरा अनबन रहती है, इसमें मेरा क्या बस है? खालाजान मुझसे माहवार खर्च मांगती है। जायदाद जितनी है, वह पंचों से छिपी नहीं। उससे इतना मुनाफा नहीं होता है कि माहवार खर्च दे सकूं। इसके अलावा हिब्बानामे में माहवार खर्च का कोई जिक्र नहीं, नहीं तो मैं भूलकर भी इस झमेले में न पड़ता। बस, मुझे यही कहना है। आइंदा पंचों का अख्तियार है। जो फैसला चाहे करें।'

अलगू चौधरी को हमेशा कचहरी से काम करना पड़ता था। अतएव वह पूरा कानूनी आदमी था। उसने जुम्मन से जिरह शुरू की। एक-एक प्रश्न, जुम्मन के हृदय पर हथौड़े की चोट की तरह पड़ता था। रामधन मिश्र इन प्रश्नों पर मुग्ध हुए जाते थे। जुम्मन चकित थे कि अलगू को हो क्या गया। अभी यह अलगू मेरे साथ बैठा हुआ कैसी-कैसी बातें कर रहा था! इतनी देर में ऐसा कायापलट हो गया कि मेरी जड़ खोदने पर तुला हुआ है। न मालूम कब की कसर यह निकाल रहा है? क्या इतने दिनों की दोस्ती कुछ भी काम न आयेगी?

जुम्मन शेख तो इसी संकल्प-विकल्प में पड़े हुए थे कि इतने में अलगू ने फैसला सुनाया—

'जुम्मन शेख! पंचों ने इस मामले पर विचार किया। उन्हें यह नीतिसंगत मालूम होता है कि खालाजान को माहवार खर्च दिया जाए। हमारा विचार है कि खाला की जायदाद से इतना मुनाफा अवश्य होता है कि माहवार खर्च दिया जा सके। बस, यही हमारा फैसला है। अगर जुम्मन को खर्च देना मंजूर न हो, तो हिब्बानाम रद्द समझा जाए।'

यह फैसला सुनते ही जुम्मन सन्नाटे में आ गए। जो अपना मित्र हो, वह शत्रु का व्यवहार करे और गले पर छुरी फेरे, इसे समय के हेर-फेर के सिवा और क्या कहें? जिस पर पूरा भरोसा था, उसने समय पड़ने पर धोखा दिया। ऐसे ही अवसरों पर झूठे-सच्चे मित्रों की परीक्षा की जाती है। यही कलियुग की दोस्ती है। अगर लोग ऐसे कपटी-धोखेबाज न होते तो देश में आपत्तियों का प्रकोप क्यों होता? यह हैजा-प्लेग आदि व्याधियां दुष्कर्मों के ही दंड हैं।

मगर रामधन मिश्र और अन्य पंच अलगू चौधरी की इस नीति-परायणता की प्रशंसा जी खोलकर कर रहे थे। वे कह रहे थे–'इसका नाम पंचायत है। दूध-का-दूध और पानी-का-पानी कर दिया। दोस्ती दोस्ती की जगह है; किन्तु धर्म का पालन करना मुख्य है। ऐसे ही सत्यवादियों के बल पर पृथ्वी ठहरी है, नहीं तो वह कब ही रसातल को चली जाती।'

इस फैसले ने अलगू और जुम्मन की दोस्ती की जड़ हिला दी। अब वे साथ-साथ बातें करते नहीं दिखाई देते। इतना पुराना मित्रता रूपी वृक्ष सत्य का एक झोंका भी न सह सका। सचमुच वह बालू की ही जमीन पर खड़ा था।

उनमें अब शिष्टाचार का अधिक व्यवहार होने लगा। एक-दूसरे की आव भगत ज्यादा करने लगे। वे मिलते-जुलते थे, मगर उसकी तरह, जैसे तलवार से ढाल मिलती है।

जुम्मन के चित्त में मित्र की कुटिलता आठों पहर खटका करती थी। उसे हर घड़ी यही चिंता रहती थी कि किसी तरह बदला लेने का अवसर मिले।

* * *

अच्छे कामों की सिद्धि में बड़ी देर लगती है; पर बुरे कामों की सिद्धि में यह बात नहीं होती; जुम्मन को भी बदला लेने का अवसर जल्दी ही मिल गया। पिछले साल अलगू चौधरी बटेसर से बैलों की एक बहुत अच्छी जोड़ी मोल लाए थे। बैल पछाहीं जाति के सुंदर, बड़े-बड़े सींगवाले थे। महीनों तक आस-पास के गांव के लोग उनके दर्शन करते रहे। दैवयोग से जुम्मन की पंचायत के एक महीने बाद इस जोड़ी का एक बैल मर गया। जुम्मन ने दोस्तों से कहा – 'यह दगाबाजी की सजा है। इंसान सब भले ही कर जाए, पर खुदा नेक-बद सब देखता है।' अलगू को संदेह हुआ कि

जुम्मन ने बैल को विष दिला दिया है। चौधराइन ने भी जुम्मन पर इस दुर्घटना का दोषारोपण किया। उसने कहा – 'जुम्मन ने कुछ कर-करा दिया है।' चौधराइन और करीमन में इस विषय पर एक दिन बहुत वाद-विवाद हुआ, दोनों देवियों ने शब्द बाहुल्य की नदी बहा दी। व्यंग्य, वक्रोक्ति-अन्योक्ति और उपमा आदि अलंकारों में बातें हुईं। जुम्मन ने किसी तरह शांति स्थापित की। उन्होंने अपनी पत्नी को डांट-डपटकर समझा दिया। वह उसे उस रणभूमि से हटा भी ले गए। इधर अलगू चौधरी ने समझाने-बुझाने का काम अपने तकपूर्ण सोंटे से लिया।

अब अकेला बैल किस काम का? उसका जोड़ा बहुत ढूंढा गया, पर न मिला। निदान यह सलाह ठहरी कि इसे बेच डालना चाहिए। गांव में एक समझू साहू थे। वह इक्का-गाड़ी हांकते थे। गांव से गुड़-घी लादकर मंडी ले जाते, मंडी से तेल-नमक भर लाते और गांव में बेचते। इस बैल पर उनका मन लहराया। उन्होंने सोचा, यह बैल हाथ लगे तो दिन भर में बेखटके तीन खेप हों। आजकल तो एक ही खेप में लाले पड़े रहते हैं। बैल देखा, गाड़ी में दौड़ाया, बाल-भोंरी की पहचान कराई, मोल-तोल किया और उसे लेकर द्वार पर बांध ही दिया। एक महीने में दाम चुकाने का वादा ठहरा। चौधरी को भी गरज़ थी ही, घाटे की परवा न की।

समझू साहू ने नया बैल पाया, तो लगे उसे रगेदने। वह दिन में तीन-तीन, चार-चार खेपें करने लगे। न चारे की फिक्र थी, न पानी की, बस खेपों से काम था। मंडी ले गए, वहां कुछ रूखा भूसा सामने डाल दिया। बेचारा जानवर अभी दम भी न ले पाता था कि फिर जोत दिया जाता था। अलगू चौधरी के घर था तो चैन की बंशी बजती थी। बैलराम छठे-छमाहे कभी बहली में जोते जाते थे। खूब उछलते-कूदते और कोसों तक दौड़ते चले जाते।

वहां बैलराम का रातिब था, साफ़ पानी, दली हुई अरहर की दाल और भूसे के साथ खली, और यही नहीं, कभी-कभी घी का स्वाद भी चखने को मिल जाता था। कहां वह सुख-चैन, कहां यह आठों पहर की खपत! महीने-भर में वह पिस-सा गया। इक्के का जुआ देखते ही उसका लहू सूख जाता था। एक-एक पग चलना दूभर था। हड्डियां निकल आई थीं; पर था वह पानीदार, मार बरदाश्त न थी।

एक दिन चौधरी खेप में साहूजी ने दूना बोझा लादा। दिन-भर का थका जानवर, पैर न उठते थे। पर साहूजी कोड़े फटकारने लगे। बस, फिर क्या था, बैल कलेजा तोड़कर चला। कुछ दूर दौड़ा और चाहा कि जरा दम ले लूं, पर साहूजी को जल्दी पहुंचाने की फिक्र थी, अतएव उन्होंने कई बार कोड़े निर्दयता से फटकारे। बैल ने एक बार फिर ज़ोर लगाया; पर अबकी बार शक्ति ने जवाब दे दिया। वह धरती पर गिर पड़ा और ऐसा गिरा कि फिर न उठा। साहूजी ने बहुत पीटा, टांग पकड़कर खींचा, नथूनों में लकड़ी ठूंस दी; पर कहीं मृतक भी उठ सकता है? तब साहूजी को कुछ शक हुआ। उन्होंने बैल को गौर से देखा, खोलकर अलग किया; और सोचने लगे कि गाड़ी कैसे घर पहुंचे। बहुत चीखे-चिल्लाए, पर देहात का रास्ता बच्चों की आंख की तरह सांझ होते ही बन्द हो जाता है। कोई नज़र न आया आस-पास कोई गांव भी न था। मारे क्रोध के उन्होंने मरे हुए बैल पर और दुर्रे लगाए और कोसने लगे - 'अभागे! तुझे मरना ही था, तो घर पहुंचकर मरता! ससुरा बीच रास्ते में ही मर गया! अब गाड़ी कौन खींचे?' इस तरह साहूजी खूब जले-भुने। कई बोरे गुड़ और कई पीपे घी उन्होंने बेचे थे, दो-ढाई सौ रुपये कमर में बंधे थे। इसके सिवा गाड़ी पर कई बोरे नमक के थे, अतएव छोड़कर जा भी न

सकते थे। लाचार बेचारे गाड़ी पर ही लेट गए। वहीं रतजगा करने की ठान ली। चिलम पी, गाया, फिर हुक्का पिया। इस तरह साहूजी आधी रात तक नींद को बहलाते रहे। अपनी जान में तो वह जागते ही रहे; पर पौ फटते ही जो नींद टूटी और कमर पर हाथ रखा, तो थैली गायब! घबरा कर इधर-उधर देखा, तो कई कनस्तर तेल भी नदारद। अफ़सोस में बेचारे ने सिर पीट लिया और पछाड़ खाने लगे। प्रात: काल रोते बिलखते घर पहुंचे। सहुआइन ने अब यह बुरी सुनावनी सुनी, तब पहले तो रोई, फिर अलगू चौधरी को गालियां देने लगी – 'निगोड़े ने ऐसा कुलच्छिनी बैल दिया कि जन्म-भर की कमाई लुट गई।'

इस घटना को हुए कई महीने बीत गए। अलगू जब अपने बैलों के दाम मांगते, तब साहु और सहुआइन, दोनों ही झल्लाए हुए कुत्ते की तरह चढ़ बैठते और अंडबंड बकने लगे – वाह! यहां तो सारे जन्म की कमाई लुट गई, सत्यानाश हो गया, इन्हें दामों की पड़ी है! मुर्दा बैल दिया था, उस पर दाम मांगने चले हैं! आंखों में धूल झोंक दी, सत्यानाशी बैल गले बांध दिया, हमें निरा पोंगा ही समझ लिया है! हम भी बनिए के बच्चे हैं, ऐसे बुद्धू कहीं और होंगे। पहले जाकर किसी गड्ढे में मुंह धो आओ, तब दाम लेना। न जी मानता हो तो, तो हमारा बैल खोल ले जाओ। महीने भर के बदले दो महीने जोत लो। और क्या लोगे?'

*   *   *

चौधरी के अशुभचिंतकों की कमी न थी। ऐसे अवसरों पर वे भी एकत्र हो जाते और साहूजी के बर्ने की पुष्टि करते। परंतु डेढ़ सौ रुपये से इस तरह हाथ धो लेना आसान न था। एक बार वह भी गरम पड़े। साहूजी बिगड़कर लाठी ढूंढने घर चले गए। अब सहुआइन ने मैदान लिया। प्रश्नोत्तर होते-होते हाथापाई की

नौबत आ पहुंची। सहुआइन ने घर में घुसकर किवाड़ बंद कर लिए। शोर-गुल सुनकर गांव के भले मानस ज़मा हो गए। उन्होंने दोनों को समझाया। साहूजी को दिलासा देकर घर से निकाला। वह परामर्श देने लगे कि इस तरह से काम न चलेगा। पंचायत कर लो। जो कुछ तय हो जाए, उसे स्वीकार कर लो। साहूजी राजी हो गए। अलगू ने भी हामी भर ली।

*   *   *

पंचायत की तैयारी होने लगी। दोनों पक्षों ने अपने-अपने दल बनाने शुरू कर दिए। इसके बाद तीसरे दिन उसी वृक्ष के नीचे पंचायत बैठी। वही संध्या का समय था। खेतों में कौए पंचायत कर रहे थे। विवाद-ग्रस्त विषय यह था कि मटर की फलियों पर उनका कोई स्वत्व है या नहीं; और जब तक यह प्रश्न हल न हो जाय, तब तक वे रखवाले की पुकार पर अपनी अप्रसन्नता प्रकट करना आवश्यक समझते थे। पेड़ की डालियों पर बैठी शुक-मंडली में यह प्रश्न छिड़ा हुआ था कि मनुष्यों को उन्हें बेमुरौवत कहने का क्या अधिकार है, जब उन्हें स्वयं अपने मित्रों से दगा करने में भी संकोच नहीं होता। पंचायत बैठ गई, तो रामधन मिश्र ने कहा - 'अब देर क्या है? पंचों का चुनाव हो जाना चाहिए। बोलो चौधरी, किस-किसको पंच बदते हो?'

अलगू ने दीन भाव से कहा - 'समझू साहू ही चुन लें।'

समझू खड़े हुए और कड़ककर बोले - 'मेरी ओर से जुम्मन शेख।'

जुम्मन का नाम सुनते ही अलगू चौधरी का कलेजा धक्-धक् करने लगा, मानों किसी ने अचानक थप्पड़ मार दिया हो। रामधन अलगू के मित्र थे। वह बात को ताड़ गए। पूछा -'क्यों चौधरी, तुम्हें कोई उज़्र तो नहीं?'

चौधरी ने निराश होकर कहा – 'नहीं, मुझे क्या उज्र होगा?'

अपने उत्तरदायित्व का ज्ञान बहुधा हमारे सकुंचित व्यवहारों का सुधारक होता है। जब हम राह भूलकर भटकने लगते हैं, तब यही ज्ञान हमारा विश्वसनीय पथ-प्रदर्शक बन जाता है।

पत्र संपादक अपनी शांति-कुटी में बैठा हुआ कितनी धृष्टता और स्वतंत्रता के साथ अपनी प्रबल लेखनी से मंत्रि-मंडल पर आक्रमण करता है; परन्तु ऐसे अवसर आते हैं, जब स्वयं मंत्रि-मंडल में सम्मिलित होता है। मंडल के भवन में पग धरते ही उसकी लेखनी कितनी मर्मज्ञ, कितनी विचारशील, कितनी न्यायपरायण हो जाती है। इसका कारण उत्तरदायित्व का ज्ञान है। नवयुवक युवावस्था में कितना उद्दंड रहता है। माता-पिता उसकी ओर से कितने चिंतित रहते हैं। वे उसे कुल-कलंक समझते हैं; परन्तु थोड़े ही समय में परिवार का बोझ सिर पर पड़ते ही वह अव्यवस्थित चित्त उन्मत्त युवक कितना धैर्यशील, कैसा शांतचित्त हो जाता है, यह भी उत्तरदायित्व के ज्ञान का फल है।

जुम्मन शेख के मन में भी सरपंच का उच्च स्थान ग्रहण करते ही अपनी ज़िम्मेदारी का भाव पैदा हुआ। उसने सोचा, मैं इस वक्त न्याय और धर्म के सर्वोच्च आसन पर बैठा हूं। मेरे मुंह से इस समय जो कुछ निकलेगा, वह देववाणी के सदृश है – और देववाणी में मेरे मनोविकारों का कदापि समावेश न होना चाहिए। मुझे सत्य से जौ भर भी टलना उचित नहीं।

पंचों ने दोनों पक्षों से सवाल-जवाब करने शुरू किए। बहुत देर तक दोनों दल अपने-अपने पक्ष का समर्थन करते रहे। इस विषय में तो सब सहमत थे कि समझू को बैल का मूल्य देना चाहिए। परंतु दो महाशय इस कारण रिआयत करना चाहते थे कि

                                पंचपरमेश्वर और अन्य कहानियां

बैल के मर जाने से समझू की हानि हुई। इसके प्रतिकूल दो सभ्य मूल्य के अतिरिक्त समझू को दंड भी देना चाहते थे, जिससे फिर किसी को पशुओं के साथ निर्दयता करने का साहस न हो। अंत में जुम्मन ने फैसला सुनाया –

'अलगू चौधरी और समझू साहू! पंचों ने तुम्हारे मामले पर अच्छी तरह विचार किया। समझू को उचित है कि बैल का पूरा दाम दें। जिस वक़्त उन्होंने बैल लिया, उसे कोई बीमारी न थी। अगर उसी वक़्त दाम दे दिये जाते, तो आज समझू उसे फेर लेने का आग्रह न करते। बैल की मृत्यु केवल इस कारण हुई कि उससे बड़ा कठिन परिश्रम लिया गया और उसके दाने-चारे का कोई अच्छा प्रबंध न किया गया।'

रामधन मिश्र बोले – 'समझू ने बैल को जान-बूझकर मारा है, अतएव उनसे दंड लेना चाहिए।'

जुम्मन बोले – 'यह दूसरा सवाल है! हमको इससे कोई मतलब नहीं।'

झगड़ू साहू ने कहा – 'समझू के साथ कुछ रिआयत होनी चाहिए।'

जुम्मने बोले – 'यह अलगू चौधरी की इच्छा पर निर्भर है। वह रिआयत करें तो उनकी भलमानसी।'

अलगू चौधरी फूले न समाए। उठ खड़े हुए और ज़ोर से बोले –'पंच परमेश्वर की जय!' इसके साथ ही चारों ओर से प्रतिध्वनि हुई – 'पंच परमेश्वर की जय!'

प्रत्येक मनुष्य जुम्मन की नीति को सरहाता था – 'इसे कहते हैं न्याय! यह मनुष्य का काम नहीं, पंच में परमेश्वर वास करते हैं, यहीं उनकी महिमा है! पंच के सामने खोटे को कौन खरा कह सकता है?'

थोड़ी देर के बाद जुम्मन अलगू के पास आये और गले लिपट कर बोले –भैया, जब से तुमने मेरी पंचायत की, तब से मैं तुम्हारा प्राणघातक शत्रु बन गया था, पर आज मुझे ज्ञात हुआ कि पंच के पद पर बैठ कर न कोई किसी का दोस्त होता है न दुश्मन। न्याय के सिवा और उसे कुछ नहीं सूझता। आज मुझे विश्वास हो गया कि पंच की ज़बान से खुदा बोलता है।' अलगू रोने लगे। इस पानी से दोनों के दिलों का मैल धुल गया। मित्रता की मुरझाई हुई लता फिर से हरी हो गई।

लेखक

सुबह-सुबह महाशय प्रवीण ने बीस बार उबाली हुई चाय का प्याला तैयार किया और बिना शक्कर और दूध के पी गए। यही उनका नाश्ता था। महीनों से मीठी, दूध से बनी चाय न मिली थी। दूध और शक्कर उनके लिए जीवन के आवश्यक वस्तुओं में न थे। घर में गए जरूर कि पत्नी को जगाकर पैसे माँगे, पर उसे फटे-मैले लिहाफ में सोता हुआ देखकर जगाने की इच्छा न हुई। सोचा, शायद मारे सर्दी के बेचारी को रात-भर नींद न आई होगी, अब जाकर आंख लगी है। कच्ची नींद में जगा देना उचित न था। चुपके से चले आए।

चाय पीकर उन्होंने कलम - दवात संभाली और वह किताब लिखने में व्यस्त हो गए, जो उनके विचार में इस शताब्दी की सबसे बड़ी रचना होगी, जिसका प्रकाशन उन्हें अप्रसिद्धि से निकालकर प्रसिद्धि और समृद्धि के स्वर्ग पर पहुँचा देगा।

आधा घंटे बाद पत्नी आंखें मलती हुई आकर बोली, 'क्या तुम चाय पी चुके?'

प्रवीण ने हंसते हुए कहा, 'हां, पी चुका। बहुत अच्छी बनी थी।'

'पर दूध और शक्कर कहाँ से लाए?'

'दूध और शक्कर तो कई दिनों से नहीं मिलता। मुझे आजकल सादी चाय ज्यादा स्वादिष्ट लगती है। दूध और शक्कर मिलाने से

उसका स्वाद बिगड़ जाता है। डॉक्टरों की भी यही राय है कि चाय हमेशा सादी पीनी चाहिए। यूरोप में तो दूध का बिल्कुल चलन नहीं है। यह तो हमारे यहां के मीठी वस्तुओं को पसंद करने वाले धनी व्यक्तियों की खोज है।'

'जाने तुम्हें फीकी चाय कैसे अच्छी लगती है। मुझे जगा क्यों न लिया? पैसे तो रखे थे।'

महाशय प्रवीण फिर लिखने लगे। जवानी ही में उन्हें यह रोग लग गया था और आज बीस साल से वह उसे पाले हुए थे। इस रोग में देह घुल गई, स्वास्थ्य घुल गया और चालीस की अवस्था में बुढ़ापे ने आ घेरा, इस रोग का इलाज संभव न था। सूर्य उगने से आधी रात तक यह साहित्य का साधक विचारों में डूबा हुआ, समस्त संसार से मुंह मोड़े, हृदय के पुष्प और नैवेद्य चढ़ाता रहता था। पर भारत में सरस्वती की उपासना लक्ष्मी की अभिक्त है। मन तो एक ही था। दोनों देवियों को एक साथ कैसे प्रसन्न करता, दोनों के आशीर्वाद का अधिकारी क्योंकर बनता? और लक्ष्मी की यह अप्रसन्नता केवल धन की कमी के रूप में न प्रकट होती थी, उसकी सबसे निर्दय क्रीडा यह थी कि पत्रों के संपादक और पुस्तकों के प्रकाशक उदारता के साथ सहृदयता का दान भी न देते थे। शायद सारी दुनिया ने उसके विरुद्ध कोई षड्यंत्र-सा रच डाला था। यहाँ तक कि इस लगातार अभाव ने उसमें आत्मविश्वास को जैसे कुचल दिया था। शायद अब उसे यह ज्ञात होने लगा था कि उसकी रचनाओं में कोई सार, कोई योग्यता नहीं है और यह भावना दिल को दुखानी वाली थी। यह दुर्लभ मानव-जीवन यों ही नष्ट हो गया। यह संतोष भी नहीं कि संसार ने चाहे उसका सम्मान न किया हो, पर उसका जीवन इतना तुच्छ नहीं। जीवन की आवश्यकताएँ घटते-घटते संन्यास की सीमा को भी पार कर

  पंचपरमेश्वर और अन्य कहानियां

चुकी थीं। अगर कोई संतोष था, तो यह कि उनकी पत्नी त्याग और तप में उनसे भी दो कदम आगे थी। सुमित्रा इस दशा में भी प्रसन्न थी। प्रवीणजी को दुनिया से शिकायत हो, पर सुमित्रा जैसे गेंद में भरी हुई वायु की भाँति उन्हें बाहर की ठोकरों से बचाती रहती थी। अपने भाग्य का रोना तो दूर की बात थी, इस देवी ने कभी माथे पर बल भी न आने दिया।

सुमित्रा ने चाय का प्याला उठाते हुए कहा, 'तो जाकर घंटा-आध घंटा कहीं घूम-फिर क्यों नहीं आते? जब मालमू हो गया कि प्राण देकर काम करने से भी कोई लाभ नहीं, तो व्यर्थ क्यों सिर खपाते हो?'

प्रवीण ने बिना सिर उठाए, कागज पर कलम चलाते हुए कहा, 'लिखने में कम-से-कम यह संतोष तो होता है कि कुछ कर रहा हूँ। सैर करने में तो मुझे ऐसा जान पड़ता है कि समय का नाश कर रहा हूँ।'

'ये इतने पढ़े-खिले आदमी हर दिन हवा खाने जाते हैं, तो अपने समय का नाश करते हैं?'

'मगर इनमें अधिकतर वही लोग हैं, जिनके सैर करने से उनकी आमदनी में बिल्कुल कमी नहीं होती। अधिकांश तो सरकारी नौकर हैं, जिनको मासिक वेतन मिलता है या ऐसे पेशों के लोग हैं, जिनका लोग आदर करते हैं। मैं तो मिल का मजूर हूँ। तुमने किसी मजूर को हवा खाते देखा है? जिन्हें भोज की कमी नहीं, उन्हीं को हवा खाने की भी जरूरत है। जिनको रोटियों नसीब नहीं वे हवा खाने नहीं जाते। फिर स्वास्थ्य और बड़े जीवन की जरूरत उन लोगों को है, जिनके जीवन में आनंद और स्वाद है। मेरे लिए तो जीवन भार है। इस भार को सिर पर कुछ दिन और बनाए रहने की इच्छा मुझे नहीं है।

सुमित्रा निराशा में डूबे हुए शब्द सुनकर आँखों में आँसू भरे अंदर चली गई। उसका दिल कहता था, इस साधक की प्रसिद्धि एक दिन अवश्य फैलेगी, चाहे लक्ष्मी की अकृपा बनी रहे। किंतु प्रवीण महोदय अब निराशा की उस सीमा तक पहुँच चुके थे, जहाँ से विपरीत दिशा में उदय होने वाली आशाओं से भरी उषा की लाली भी नहीं दिखाई देती।

एक धनी व्यक्ति के यहाँ कोई उत्सव है। उसने महाशय प्रवीण को भी निमंत्रित किया। आज उनका मन आनंद के घोड़े पर बैठा हुआ नाच रहा है। सारे दिन वह इसी कल्पना में मग्न रहे-राजा साहब किन शब्दों में उनका स्वागत करेंगे और वह किन शब्दों में उनको धन्यवाद देंगे, किन विषयों पर बातचीत होगी और किन बड़े लोगों से उनका परिचय होगा। सारे दिन वह इन्हीं कल्पनाओं का आनंद उठाते रहे। इस अवसर के लिए उन्होंने एक कविता भी रची, जिसमें उन्होंने जीवन की एक वाटिका से तुलना की थी। अपने सारे विचारों की उन्होंने आज उपेक्षा कर दी, क्योंकि रईसों के मनोभावों को वह चोट न पहुँचा सकते थे।

दोपहर से ही उन्होंने तैयारियाँ शुरू कीं। हजामत बनाई, साबुन से नहाया, सिर में तेल डाला। मुश्किल कपड़ों की थी। बहुत समय बीत गया, जब उन्होंने अचकन बनवाई थी। उसकी दशा भी उन्हीं की दशा जैसी जीर्ण हो चुकी थी। जैसे जरा-सी सर्दी या गर्मी में उन्हें जुकाम या सिरदर्द हो जाता था, उसी तरह वह अचकन भी नाजुक-मिजाज थी। उसे निकाला तो झाड़-पोंछकर रखा।

सुमित्रा ने कहा, ' तुमने व्यर्थ ही निमंत्रण स्वीकार किया। लिख देते, मेरी तबीयत अच्छी नहीं है। फटे कपड़ों में जाना और भी बुरा है।'

प्रवीण ने दार्शनिकों की तरह गंभीरता से कहा, 'जिन्हें ईश्वर ने हृदय और परख दी है, वे आदमियों की पोशाक नहीं देखते, उनके गुण और चरित्र देखते हैं। आखिर कुछ बात तो है कि राजा साहब ने मुझे निमंत्रित किया। मैं कोई अधिकारी नहीं, जमींदार नहीं, जागीरदार नहीं, ठेकेदार नहीं, केवल एक साधारण लेखक हूँ। लेखक का मूल्य उसकी रचनाएं होती हैं। इस प्रकार मुझे किसी भी लेखक से लज्जित होने का कारण नहीं है।'

सुमित्रा उनकी सरलता पर दया करके बोली, 'तुम कल्पनाओं के संसार में रहते-रहते प्रत्यक्ष संसार से अलग हो गए हो। मैं कहती हूँ राजा साहब के यहाँ लोगों की निगाह सबसे ज्यादा कपड़ों पर ही पड़ेगी। सरलता जरूर अच्छी चीज हैं, पर इसका अर्थ यह तो नहीं कि आदमी असभ्य बन जाए!'

प्रवीण को इस कथन में कुछ सार जान पड़ा। विद्वान व्यक्तियों की भाँति उन्हें भी अपनी भूल को स्वीकार करने में कुछ देर न होती थी। बोले, 'मैं समझता हूँ, दीपक जल जाने के बाद जाऊँ।'

'मैं तो कहती हूँ, जाओ ही क्यों?'

'अब तुम्हें कैसे समझाऊँ, प्रत्येक प्राणी के मन में आदर और सम्मान की एक भूख होती है। तुम पूछोगी, यह क्षुधा क्यों होती है? इसलिए कि यह हमारी प्रगति की एक मंजिल है। हम उस महान शक्ति के छोटे से अंश हैं, जो समस्त संसार में समाया हुआ है। अंश में पूर्व के गुणों का होना आवश्यक है। इसलिए यश और सम्मान, प्रगति और ज्ञान की ओर हमारी स्वाभाविक इच्छा है। मैं इस इच्छा को बुरा नहीं समझता।'

सुमित्रा ने गला छुड़ाने के लिए कहा, 'अच्छा भाई जाओ। मैं तुमसे बहस नहीं करती लेकिन कल के लिए कोई प्रबंध करते आना, क्योंकि मेरे पास केवल एक आना और रह गया है। जिनसे

उधार मिल सकता था, उनसे ले चुकी और जिनसे लिया, उसे देने की स्थिति नहीं आई। मुझे अब और कोई उपाय नहीं सूझता।'

प्रवीण ने एक क्षण बाद कहा, 'दो-एक पत्रिकाओं से मेरे लेखों के रुपए आने वाले हैं। शायद कल तक आ जाएँ और अगर कल भूखा रहना पड़े तो क्या चिंता? हमारा धर्म है काम करना। हम काम करते हैं और तन-मन से करते हैं। अगर इस पर भी हमें भूखा रहना पड़े, तो मेरा दोष नहीं। मर ही तो जाऊँगा। हमारे जैसे लाखों आदमी रोज मरते हैं। संसार का काम ज्यों-का-त्यों चलता रहता है। फिर इसका क्या गम कि हम भूखों मर जाएँगे। मौत डरने की वस्तु नहीं। मैं इससे नहीं डरता। तुम्हीं कहो, मैं जो कुछ करता हूँ, इससे अधिक और कुछ मेरी शक्ति के बाहर है या नहीं। सारी दुनिया मीठी नींद सोती है और मैं कलम लिए बैठा रहता हूँ। लोग हँसी-दिल्लगी करते रहते हैं; मेरे लिए वह सब हराम है। यहाँ तक कि महीनों से हँसने की नौबत नहीं आई। होली के दिन भी मैंने छुट्टी नहीं मनाई। बीमार भी होता हूँ तो लिखने की फिक्र सिर पर सवार रहती हैं सोचो, तुम बीमार थीं और मैं वैद्य के यहाँ जाने के लिए समय न पाता था। अगर दुनिया सम्मान नहीं करती, न करे। उसका प्रकाश फैलता है या उसके सामने कोई ओट है, उसे इससे मतलब नहीं।'

'मेरा भी ऐसा कौन मित्र, परिचित या संबंधी है, जिसका मैं आभारी नहीं? यहाँ तक कि अब घर से निकलते शर्म आती है। संतोष इतना ही अच्छा है कि लोग मुझे खोटी नीयत वाला नहीं समझते। मेरी कुछ अधिक मदद न कर सकें, पर उन्हें मुझसे सहानुभूति अवश्य है। मेरी खुशी के लिए इतना ही काफी है कि आज वह अवसर तो आया है कि एक रईस ने मेरा सम्मान किया!'

फिर अचानक उन पर एक नशा-सा छा गया। गर्व से बोल, 'नहीं, मैं अब रात को न जाऊँगा। मेरी गरीबी अब बदनामी की हद तक पहुँच चुकी है। उस पर परदा डालना व्यर्थ है। मैं इसी वक्त जाऊँगा। जिसे रईस और राजे आमंत्रित करें, वह कोई ऐसा-वैसा आदमी नहीं हो सकता। राजा साहब साधारण रईस नहीं है। वह इस नगर के ही नहीं, भारत के विख्यात रईसों में हैं। अगर अब भी कोई नीचा समझे, तो वह खुद नीचा है।'

संध्या का समय है। प्रवीण जी अपनी फटी-पुरानी अचकन और सड़े हुए जूते और बेढ़ंगी-सी टोपी पहने घर से निकले। वे उठाई-गीरे जैसे मालूम होते थे। डीलडौल और चेहरे-मुहरे के आदमी होते, तो इस ठाठ में भी एक शान होती। मोटापा स्वयं प्रभाव डालने वाली वस्तु है। पर साहित्य-सेवा और स्थूलता में विरोध है। अगर कोई साहित्य-सेवी मोटा-ताजा, डबल आदमी है, तो समझ लो, उसमें माधुर्य नहीं, लोच नहीं, हृदय नहीं। दीपक का काम है, जलना। दीपक वही पूरा भरा होगा, जो जला न हो। फिर भी आप अकड़े जाते हैं। एक-एक अंग से गर्व टपक रहा है।

यों घर से निकलकर वह दुकानों से आँखें चुराते, गलियों से निकले जाते थे, पर आज वह गरदन उठाए, उनके सामने से जा रहे हैं। आज वह उनके तकाज़ों का दाँत-तोड़ जवाब देने को तैयार हैं। पर संध्या का समय है, हर एक दुकान पर ग्राहक बैठे हुए हैं। कोई उनकी तरफ नहीं देखता। जिस रकम को वह अपनी हीनावस्था में दुर्विचार समझते थे, वह दुकानदारों की निगाह में इतनी जोखिम न थी जाने-पहचाने आदमी को सरे बाजार टोकते, विशेषकर जब वह आज किसी से मिलने जाते हुए मालूम होते थे।

प्रवीण ने एक बार सारे बाजार का चक्कर लगाया, पर जी न भरा। तब दूसरा चक्कर लगाया, पर वह भी बेकार। तब वह खुद हाफ़िज समद की दुकान पर जाकर खड़े हो गए। हाफ़िज जी बिसाते का व्यापार करते थे। बहुत दिन हुए, प्रवीण इस दुकान से एक छतरी ले गए थे और अभी तक दाम न चुका सके थे। प्रवीण को देखकर बोले, 'महाशय जी, अभी तक छतरी के दाम नहीं मिले। ऐसे सौ पचास ग्राहक मिल जाएँ, तो दिवाला ही हो जाए। अब तो बहुत दिन हुए।'

प्रवीण प्रसन्न हो गया। उसके दिल की इच्छा पूरी हुई। बोले, 'मैं भूला नहीं हूँ हाफ़िज जी, इन दिनों काम इतना ज्यादा था कि घर से निकलना मुश्किल था। रुपए तो नहीं हाथ आते, पर आपकी दुआ से आदर करने वालों की कमी नहीं। दो-चार आदमी घेरे ही रहते हैं। इस वक्त राजा साहब, अजी वही जो नुक्कड़ वाले बँगले में रहते हैं, उन्हीं के यहां जा रहा हूँ। दावत है। रोज ऐसा कोई-न-कोई मौका आता ही रहता है।'

हाफिज समद प्रभावित होकर बोला, 'अच्छा! आप राजा साहब के यहाँ जा रहे हैं। ठीक है, आप जैसे योग्य व्यक्तियों का आदर रईस ही कर सकते हैं, और कौन करेगा?

सुभानअल्लाह! आप इस जमाने में अद्वितीय हैं, अगर कोई मौका हाथ आ जाए, तो गरीब को न भूल जाइएगा। राजा साहब की अगर इधर कृपा हो जाए, तो फिर क्या पूछना! एक पूरा बिसाता तो उन्हीं के लिए चाहिए। ढाई-तीन लाख सालाना आमदनी है।'

प्रवीण को ढाई-तीन लाख कुछ कम जान पड़े। जबानी जमा खर्च है, तो दस-बीस लाख कहने में क्या हानि? बोले, 'ढाई-तीन लाख! आप तो उन्हें गालियां देते हैं। उनकी आमदनी दस लाख

 पंचपरमेश्वर और अन्य कहानियां

से कम नहीं। एक साहब का अंदाज तो बीस लाख का है। इलाका है, मकान हैं, दुकानें हैं, ठेकेदारी है, अमानती रुपए हैं और फिर सबसे बड़ी सरकार बहादुर की कृपा है।'

हाफ़िज ने बड़ी नम्रता से कहा, 'यह दुकान आप ही की है जनाब, बस इतनी ही बिनती है। अरे मुरादी, जरा दो पैसे के अच्छे-से पान तो बनवा ला, आपके लिए। आइए, दो मिनट बैठिए। कोई चीज पसंद हो तो दिखाऊं। आपसे तो घर का वास्ता है।'

प्रवीण ने पान खाते हुए कहा, 'इस वक्त तो मुआफ करिए। वहां देर होगी। फिर कभी हाजिर हूंगा।'

यहां से उठकर वह एक कपड़े वाले की दुकान के सामने रुके। मनोहरदास नाम था। इन्हें खड़े देखकर आंखे उठाई। बेचारा इनके नाम को रो बैठा था। समझ लिया, शायद इस शहर में हैं ही नहीं। समझा, रुपए देने आए हैं। बोला, 'भाई प्रवीणजी, आपने तो बहुत दिनों दर्शन ही नहीं दिए। पर्चा कई बार भेजा, मगर कर्मचारियों को आपके घर का पता न मिला। मुनीमजी, जरा देखो तो आपके नाम क्या है?'

प्रवीण के प्राण तकाजों से सूख जाते थे, पर आज वह इस तरह खड़े थे, मानो उन्होंने कवच धारण कर लिया है, जिस पर किसी अस्त्र का आघात नहीं हो सकता। बोले, 'जरा इन राजा साहब के यहां से लौट आऊं तो निश्चिंत होकर बैठूं। इस समय जल्दी में हूं।' राजा साहब पर मनोहरदास के कई हजार रुपए आते थे। फिर भी उनका दामन न छोड़ता था। एक के तीन वसूल करता। उसने प्रवीणजी को ऊंची श्रेणी में रखा, जिसका पेशा रईसों को लूटना है। बोला, 'पान तो खाते जाइए महाशय! राजा साहब एक दिन के हैं। हम तो बारहों मास के हैं भाई

साहब! कुछ कपड़े चाहिए हों तो ले जाइए। अब तो होली आ रही है। मौका हो, तो जरा राजा साहब के खजांची से कहिएगा, पुराना हिसाब बहुत दिन से पड़ा हुआ है, अब तो सफाई हो जाए! हम सब ऐसा कौन-सा लाभ लेते हैं कि दो-दो साल हिसाब ही न हो?'

प्रवीण ने कहा, 'इस समय तो पान-वान रहने दो भाई, देर हो जाएगी। जब उन्हें मुझसे मिलने का इतना शौक है और मेरा इतना सम्मान करते हैं, तो अपना भी धर्म है कि उनको मेरे कारण कष्ट न हो। हम तो गुणग्राहक चाहते हैं, दौलत के भूखे नहीं। कोई अपना सम्मान करे, तो उसकी गुलामी करें। अगर किसी को रियासत का घमंड हो, तो हमें उसकी परवाह नहीं।'

प्रवीण राजा साहब के विशाल भवन के सामने पहुंचे, तो दीये जल चुके थे। अमीरों और रईसों की मोटरें खड़ी थीं। वर्दीधारी पहरेदार द्वार पर खड़े थे। एक सज्जन मेहमानों का स्वागत कर रहे थे। प्रवीणजी को देखकर वह जरा झिझके। फिर उन्हें सिर से पांव तक देखकर बोले, 'आपके पास निमंत्रण-पत्र है?'

प्रवीण की जेब में निमंत्रण-पत्र था। पर इस भेदभाव पर उन्हें क्रोध आ गया। उन्हीं से क्यों निमंत्रण-पत्र मांगा जाए? औरों से भी क्यों न पूछा जाए? बोले, 'जी नहीं, मेरे पास निमंत्रण-पत्र नहीं है। अगर आप अन्य महाशयों से निमंत्रण-पत्र मांगते हों, तो मैं भी दिखा सकता हूं। वरना मैं इस भेद को अपने लिए अपमान की बात समझता हूं। आप राजा साहब से कह दीजिए, प्रवीण जी आए थे और द्वार से लौट गए।'

'नहीं-नहीं, महाशय, अंदर चलिए। मुझे आपसे परिचय न था। बेअदबी माफ कीजिए। आप ही ऐसे महानुभावों से तो महफिल की शोभा है। ईश्वर ने आपको वह वाणी प्रदान की है कि क्या कहना!'

       पंचपरमेश्वर और अन्य कहानियां

इस व्यक्ति ने प्रवीण को कभी न देखा था। लेकिन जो कुछ उसने कहा, वह प्रत्येक साहित्यसेवी के विषय में कह सकते हैं और हमें विश्वास है कि कोई साहित्यसेवी इस प्रशंसा की अवहेलना नहीं कर सकता।

प्रवीण अंदर पहुंचे तो देखा, बारहदरी के सामने विशाल और सजे हुए प्रांगण में बिजली के कुमकुमे अपना प्रकाश फैला रहे हैं। मध्य में एक हौज है, हौज में संगमरमर की परी, परी के सिर पर फौवारा, फौवारे की फुहारें रंगीन कुमकुमों से रंगीन होकर ऐसी मालूम होती थीं, मानो इंद्रधनुष पिघलकर ऊपर से बरस रहा है। हौज के चारों ओर मेजें लगी हुई थीं। मेजों पर सफेद मेजपोश, ऊपर सुंदर गुलदस्ते।

प्रवीण को देखते ही राजा साहब ने स्वागत किया, 'आइए, आइए! अब की 'हंस' में आपका लेख देखकर दिल फड़क उठा है। मैं तो चकित हो गया। मालूम ही न था कि इस नगर में आप जैसे रत्न भी छिपे हुए हैं।'

फिर उपस्थित सज्जनों से उनका परिचय देने लगे, 'आपने महाशय प्रवीण का नाम तो सुना होगा। यह आप ही हैं। क्या माधुर्य है, क्या ओज है, क्या भाव है, क्या समझ है, क्या चमत्कार है, क्या प्रवाह है कि वाह! वाह! मेरी तो आत्मा जैसे नृत्य करने लगती है।'

एक सज्जन ने, जो अंग्रेजी सूट में थे, प्रवीण को ऐसी निगाह से देखा मानों वह चिड़ियाघर का कोई जीव हो, और बोले, 'आपने अंग्रेजी के कवियों का भी अध्ययन किया है- बाइरन, शेली, कीट्स आदि?'

प्रवीण ने रुखाई से जवाब दिया, 'जी हां, थोड़ा बहुत देखा तो है।'

'आप इन महाकवियों में से किसी की रचनाओं का अनुवाद कर दें तो आप हिंदी भाषा की अमर सेवा करें।'

प्रवीण अपने को बाइरन, शेली आदि से जौ-भर भी कम न समझते थे। वे अंग्रेजी के कवि थे। उनकी भाषा, शैली, विषय-व्यंजना सभी अंग्रेजों की रुचि के अनुकूल था। उनका अनुवाद करना वह अपने लिए गौरव की बात न समझते थे, उसी तरह जैसे वे उनकी रचनाओं का अनुवाद करना अपने लिए गौरव की वस्तु न समझते थे, बोले, 'हमारे यहां आत्म-दर्शन का अभी इतना अभाव नहीं है कि हम विदेशी कवियों से भीख मांगे। मेरा विचार है कि कम-से-कम इस विषय में भारत अब भी पश्चिम को बहुत कुछ सिखा सकता है।'

यह अनर्गल बात थी। अंग्रेजी के भक्त महाशय ने प्रवीण को पागल समझा।

राजा साहब ने प्रवीण को ऐसी आंखों से देखा, जो कह रही थीं - जरा मौका-महल देखकर बातें करो! और बोले, 'अंग्रेजी साहित्य का क्या पूछना! कविता में तो वह अपना जोड़ नहीं रखता।'

अंग्रेजी के भक्त महाशय ने प्रवीण को गर्वपूर्ण नेत्रों से देखा, 'हमारे कवियों ने अभी तक कविता का अर्थ ही नहीं समझा। अभी तक वियोग और नख-सिख को कविता का आधार बनाए हुए हैं।'

प्रवीण ने ईंट का जवाब पत्थर से दिया, 'मेरा विचार है कि आपने वर्तमान कवियों का अध्ययन नहीं किया, या किया तो बिना सोचे-समझे।'

राजा साहब ने अब प्रवीण की जबान बंद कर देने का निश्चय किया, 'आप मिस्टर परांजपे हैं, प्रवीण जी! आपके लेख अंग्रेजी

   पंचपरमेश्वर और अन्य कहानियां

पत्रों में छपते हें और बड़े आदर की दृष्टि से देखे जाते हैं।'

इसका अभिप्राय यह था कि अब आप न बहकिए।

प्रवीण समझ गए। परांजपे के सामने उन्हें नीचा देखना पड़ा। विदेशी वेशभूषा और भाषा का यह भक्त जाति-द्रोही होकर भी इतना सम्मान पाए, यह उनके लिए असहनीय था। पर करते क्या?

उसी वेश के एक दूसरे सज्जन आए। राजा साहब ने तपाक से उनका अभिवादन किया, 'आइए, डाक्टर चड्ढा! कैसे मिजाज हैं?'

डॉक्टर साहब ने राजा साहब से हाथ मिलाया और फिर प्रवीण की ओर उत्सुकता से भरी आंखों से देखकर पूछा, 'आपका परिचय?'

राजा साहब ने प्रवीण का परिचय दिया, 'आप महाशय प्रवीण हैं, आप भाषा के अच्छे कवि और लेखक हैं।'

डॉक्टर साहब ने एक विशेष अदा से कहा, 'अच्छा! आप कवि हैं!' और बिना कुछ पूछे आगे बढ़ गए।

फिर उसी वेश के एक और महाशय पधारे। यह नामी बैरिस्टर थे। राजा साहब ने उनसे भी प्रवीण का परिचय कराया। उन्होंने भी उसी अंदाज से कहा, 'अच्छा! आप कवि हैं!' और आगे बढ़ गए। यही अभिनय कई बार हुआ। और हर बार प्रवीण को यही सुनने को मिला – 'अच्छा! आप कवि हैं!'

यह वाक्य हर बार प्रवीण के हृदय पर एक नया आघात पहुंचाता था। उसके नीचे जो भाव था, उसे प्रवीण खूब समझते थे। उसका सीधा-सादा आशय यह था कि तुम अपने खयाली पुलाव पकाते हो, पकाओ। यहां तुम्हारा क्या मतलब? तुम्हारा इतना साहस कि तुम इस सभ्य समाज में बेधड़क आओ!

प्रवीण मन-ही-मन अपने ऊपर नाराज हो रहे थे। निमंत्रण पाकर उन्होंने अपने को धन्य माना था, पर यहां आकर उनका

जितना अपमान हो रहा था, उसके देखते तो वह संतोष की कुटिया स्वर्ग थी। उन्होंने अपने मन को धिक्कारा–'तुम जैसे सम्मान के लालची का यह दंड है। अब तो आंखें खुलीं, तुम कितने सम्मान के पात्र हो! तुम इस स्वार्थ से भरे संसार में किसी के काम नहीं आ सकते, न उन्हें तुम्हारे द्वारा कोई मुकद्दमा पाने की आशा है। डॉक्टर या हकीम तुम्हारा सम्मान क्यों करें?

उन्हें तुम्हारे घर बिना फीस आने की इच्छा नहीं। तुम लिखने के लिए बने हो, लिखे जाओ। बस, और संसार में तुम्हारा कोई प्रयोजन नहीं।'

सहसा लोगों में हलचल मच गई। आज के प्रधान अतिथि का आगमन हुआ। यह महाशय हाईकोर्ट के जज नियुक्त हुए थे। इसी संबंध में यह जलसा हो रहा था। राजा साहब ने लपककर जल्द हाथ मिलाया और आकर प्रवीण से बोले, 'आप अपनी कविता तो लिख ही लाए होंगे?'

प्रवीण ने कहा, 'मैंने कोई कविता नहीं लिखी।'

'सच! तब तो तुमने गजब ही कर दिया। अरे भले आदमी, अब तो कोई चीज लिख डालो। दो–चार पंक्तियां हो ही जाएं। बस! ऐसे अवसर पर एक कविता का पढ़ा जाना जरूरी है।'

'मैं इतनी जल्दी कोई चीज नहीं लिख सकता।'

'मैंने बेकार ही इतने आदमियों से आपका परिचय कराया?'

'बिलकुल व्यर्थ।'

'अरे भाईजान, किसी प्राचीन कवि की कोई चीज सुना दीजिए। यहां कौन जानता है!'

'जी नहीं, क्षमा कीजिएगा। मैं भाट नहीं, न कत्थक हूं।'

यह कहते हुए प्रवीण जी तुरंत वहां वे चल दिए। घर पहुंचे तो उनका चेहरा खिला हुआ था।

सुमित्रा ने प्रसन्न होकर पूछा, 'इतनी जल्दी कैसे आ गए?'

'मेरी वहां कोई जरूरत न थी।'

'चलो, चेहरा खिला हुआ है, खूब सम्मान हुआ होगा।'

'हां, सम्मान तो जैसी आशा न थी, वैसा हुआ।'

'खुश बहुत हो।'

'इसी से कि आज मुझे हमेशा के लिए शिक्षा मिल गई। मैं दीपक हूं और जलने के लिए बना हूं। आज मैं इस तत्व को भूल गया था ईश्वर ने मुझे ज्यादा बहकने न दिया। मेरी यह कुटिया ही मेरे लिए स्वर्ग है। मैं आज इस सत्य से परिचित हो गया कि साहित्य सेवा पूरी तपस्या है।

मोटेरामजी शास्त्री

पंडित मोटेराम जी शास्त्री को कौन नहीं जानता? आप अधिकारियों का रुख देखकर काम करते हैं। स्वदेशी आंदोलन के दिनों में आपने उस आंदोलन का खूब विरोध किया था। स्वराज्य आंदोलन के दिनों में भी आपने अधिकारियों से राजभक्ति का प्रमाण-पत्र प्राप्त किया था। मगर जब इतनी उछल-कूद पर भी उनकी तकदीर की मीठी नींद न टूटी और अध्यापन-कार्य से पिंड न छूटा, तो अंत में आपने एक नई योजना बनाई। घर में जाकर धर्मपत्नी से बोले, 'इन बूढ़े तोतों को रटाते-रटाते मेरा दिमाग थक जाता है। इतने दिनों विद्यादान देने का क्या फल मिला, जो और आगे कुछ मिलने की आशा करूं?'

धर्मपत्नी ने चिंतित होकर कहा, 'भोजन का भी तो कोई सहारा चाहिए?'

मोटेराम 'तुम्हें जब देखो, पेट ही की फिक्र पड़ी रहती है। कोई दिन ऐसा जाता होगा कि निमंत्रण न मिलते हों। और चाहे कोई निंदा ही करे, पर मैं परोसा लिए बिना नहीं आता हूं। क्या आज ही सब यजमान मरे जाते हैं? मगर जन्म-भर पेट ही जिलाया तो क्या किया? संसार का कुछ सुख भी तो भोगना चाहिए। मैंने वैद्य बनने का निश्चय किया है।'

पंचपरमेश्वर और अन्य कहानियां

स्त्री ने आश्चर्य से कहा - 'वैद्य कैसे बनोगे, कुछ वैद्यकी पढ़ी भी है?'

मोटेराम- 'वैद्यक बढ़ने से कुछ नहीं होता, संसार में विद्या का इतना महत्व नहीं, जितना बुद्धि का। दो-चार सीधे-सादे लटके हैं, बस और कुछ नहीं है। भिषगाचार्य हो या नहीं? किसी को क्या गरज पड़ी है, जो मेरी परीक्षा लेता फिरे। एक मोटा-सा साइनबोर्ड बनवा लूंगा। उस पर ये शब्द लिखे होंगे - 'यहां स्त्री-पुरुषों के रोगों की चिकित्सा विशेष रूप से की जाती है।' दो-चार पैसे का हरड़-बहेड़ा-आंवला कूट-छानकर रख लूंगा। बस इस काम के लिए इतना सामान काफी है। हां, समाचार-पत्रों में विज्ञापन दूंगा और नोटिस बटवाऊंगा। उसमें लंका, मद्रास, रंगून, करांची आदि स्थानों के सज्जनों की चिट्ठियां दर्ज की जाएंगी। ये मेरे चिकित्सा-कौशल की गवाही देंगे। जनता को क्या पड़ी है कि वह इस बात का पता लगाती फिरे कि उन स्थानों में इन नामों के मनुष्य रहते हैं या नहीं। फिर देखो, वैद्यक कैसे चलती है।'

स्त्री-'लेकिन बिन जाने-बूझे दवा दोगे, तो फायदा क्या करेगी?'

मोटेराम- 'फायदा न करेगी, मेरी बला से। वैद्य का काम दवा देना है, वह मृत्यु को परास्त करने का ठेका नहीं लेता। और फिर जितने आदमी बीमार पड़ते हैं, सभी तो नहीं मर जाते। मेरा तो यह कहना है कि जिन्हें कोई दवा नहीं दी जाती, वे रोग शांत हो जाने पर आप ही अच्छे हो जाते हैं। वैद्यों को बिना मांगे यश मिलता है। पांच रोगियों में एक भी अच्छा हो गया, तो उसका यश मुझे अवश्य ही मिलेगा। शेष चार मर गए, तो मेरी निंदा करने थोड़े ही आएंगे। मैंने बहुत विचार करके देख लिया, इससे अच्छा कोई काम नहीं है। लेख लिखना मुझे आता ही है, कविता बना ही

लेता हूं, पत्रों में आयुर्वेद के महत्व पर दो-चार लेख लिख दूंगा। उनमें जहां-तहां दो-चार कविता भी जोड़ दूंगा और लिखूंगा भी जरा चटपटी भाषा में। फिर देखो, कितने उल्लू फंसते हें। यह न समझो कि मैं इतने दिनों केवल तोते ही रटाता रहा हूं। मैं नगर के सफल वैद्यों की चालों को देखता रहा हूं और इतने दिनों के बाद मुझे उनकी सफलता के मूलमंत्र का ज्ञान हुआ है। ईश्वर ने चाहा तो एक दिन तुम सिर से पांव तक सोने से लदी होगी।'

स्त्री ने अपनी प्रसन्नता को दबाते हुए कहा, 'मैं इस उम्र में भला क्या गहने पहनूंगी, न अब वह इच्छा ही है, पर यह तो बताओ कि तुम्हें दवाएं बनानी भी तो नहीं आती, कैसे बनाओगे, रस कैसे बनेंगे, दवाओं को पहचानते भी तो नहीं हो?'

मोटेराम- 'प्रिये! तुम वास्तव में बड़ी मूर्खा हो। अरे, वैद्यों के लिए इन बातों में से एक की भी आवश्यकता नहीं। वैद्य की चुटकी की राख ही रस है, भस्म है, रसायन है। बस, आवश्यकता है कुछ ठाट-बाट की। एक बड़ा-सा कमरा चाहिए, उसमें एक दरी हो, ताख़ों पर दस-पांच शीशियां-बोतले हों। इसके सिवा और कोई चीज की आवश्यकता नहीं, और सब कुछ बुद्धि आप-ही-आप कर लेती है। मेरे साहित्य-मिश्रित लेखों का बड़ा प्रभाव पड़ेगा, तुम देख लेना। अलंकारों का मुझे कितना ज्ञान है, यह तो तुम जानती ही हो। आज इस भूमंडल पर मुझे ऐसा कोई नहीं दिखता, जो अलंकारों के विषय में मुझसे पेश पा सके। आखिर इतने दिनों घास तो नहीं खोदी है। दस-पांच आदमी तो कवि-चर्चा के नाते ही मेरे यहां आया-जाया करेंगे। बस वही मेरे दलाल होंगे। उन्हीं के माध्यम से रोगी आएंगे। मैं आयुर्वेद-ज्ञान के बल पर नहीं, नासिका-ज्ञान के बल पर धड़ल्ले से वैद्यक करूंगा, तुम देखती तो जाओ।'

 पंचपरमेश्वर और अन्य कहानियां

स्त्री ने अविश्वास के भाव से कहा, 'मुझे तो डर लगता है कि कहीं यह विद्यार्थी भी तुम्हारे हाथ से न जाएं। न इधर के रहो, न उधर के। तुम्हारे भाग्य में तो लड़के पढ़ाना लिखा है और चारों ओर से ठोकर खाकर फिर तुम्हें वही तोते रटाने पड़ेंगे।'

मोटेराम-'तुम्हें मेरी योग्यता पर विश्वास क्यों नहीं आता?'

स्त्री- 'इसलिए कि वहां भी चालाकी करोगे। मैं तुम्हारी धूर्तता से चिढ़ती हूं। तुम जो कुछ नहीं हो और नहीं हो सकते, वह क्यों बनना चाहते हो? तुम लीडर न बन सके, सिर पटककर रह गए। तुम्हारी चालाकी ही सफल होती है और इसीसे मुझे चिढ़ है। मैं चाहती हूं कि तुम भले आदमी बनकर रहो, कपट-रहित जीवन व्यतीत करो। मगर तुम मेरी बात कब सुनते हो?'

मोटेराम-'आखिर मेरा नासिका-ज्ञान कब काम आएगा?'

स्त्री- 'किसी रईस की मुसाहिबी क्यों नहीं कर लेते? जहां दो-चार सुंदर कविता सुना दोगे, वह खुश हो जाएगा और कुछ-न-कुछ दे ही मरेगा। वैद्यक का ढोंग क्यों रचते हो?'

मोटेराम- 'मुझे ऐसे-ऐसे गुण मालूम हैं, जो वैद्यों के बाप-दादों को भी न मालूम होंगे। और सभी वैद्य एक-एक दो-दो रुपए पर मारे-मारे फिरते हैं, मैं अपनी फीस पांच रुपए रखूंगा, उस पर सवारी का किराया अलग। लोग यही समझेंगे कि यह कोई बड़े वैद्य हैं, नहीं तो इतनी फीस क्यों होती?'

स्त्री को अब की कुछ विश्वास आया। बोली, 'इतनी देर में तुमने एक बात मतलब की कही है। मगर यह समझ लो, यहां तुम्हारा रंग न जमेगा, किसी दूसरे शहर में चलना पड़ेगा।'

मोटेराम - (हंसकर) 'क्या मैं इतना भी नहीं जानता? लखनऊ में अड्डा जमेगा अपना। साल-भर में वह प्रभाव जमा लूंगा कि

सारे वैद्य मिट्टी में मिल जाएं। मुझे और भी कितने ही मंत्र आते हैं। मैं रोगी को दो-तीन बार देखे बिना उसकी चिकित्सा ही न करूंगा। मैं जब तक रोगी के स्वभाव को भली-भांति पहचान न लूं, उसकी दवा नहीं कर सकता। बोलो, कैसी रहेगी?

स्त्री खुश होकर बोली, 'अब मैं तुम्हें मान गई। अवश्य चलेगी तुम्हारी वैद्यकी, अब मुझे कोई संदेह नहीं रहा। मगर गरीबों के साथ यह मंत्र न चलाना, नहीं तो धोखा खाओगे।'

साल भर बीत गया।

भिषगाचार्य पंडित मोटेराम जी शास्त्री की लखनऊ में धूम मच गई। अलंकारों का ज्ञान तो उन्हें था ही, कुछ गा-बजा भी लेते थे। उस पर गुप्त रोगों के विशेषज्ञ। रसिकों के भाग्य जागे। पंडित जी उन्हें कविता सुनाते, हंसाते और बल बढ़ाने वाली दवाएं खिलाते और वह रईसों में, जिन्हें ताकतवर दवाओं की विशेष चाह होती है, उनकी प्रशंसा करते। साल ही भर में वैद्यजी का रंग जम गया। गुप्त रोगों के चिकित्सक लखनऊ में एकमात्र वही थे। गुप्त रूप से चिकित्सा भी करते। विधवा रानियों और शौकीन अज्ञानी रईसों में आपकी खूब पूजा होने लगी। किसी को अपने सामने समझते ही न थे।

मगर स्त्री उन्हें बराबर समझाया करती कि रानियों के झमेले में न फंसो, नहीं तो एक दिन पछताओगे।

मगर भावी तो होकर ही रहती है, कोई लाख समझाए-बुझाए। पंडित जी के उपासकों में बिड़हल की रानी भी थी। राजा साहब का स्वर्गवास हो चुका था, रानी साहिबा न जाने किस पुराने रोग से पीड़ित थीं। पंडितजी उनके यहां दिन में पांच-पांच बार जाते। रानी साहिबा उन्हें एक क्षण के लिए अपने पास से हटने न देना

चाहती थीं। पंडितजी के पहुंचने में देर हो जाती तो बेचैन हो जातीं। एक मोटर नित्य उनके द्वार पर खड़ी रहती थी। अब पंडितजी ने खूब रूप बदले। तंजेब की अचकन पहनते, बनारसी साफा बांधते और पंप जूता डालते थे। मित्रगण भी उनके साथ मोटर पर बैठकर दनदनाया करते थे। कई मित्रों को रानी साहिबा के दरबार में नौकर रखवा दिया। रानी साहिबा भला अपने देवता की बात कैसे टालतीं?

मगर भाग्य और ही कुचक्र रच रहा था।

एक दिन पंडित जी, रानी साहिबा की गोरी-गोरी कलाई पर एक हाथ रखे नब्ज देख रहे थे, और दूसरे हाथ से उनके हृदय की गति की परीक्षा कर रहे थे कि इतने में कई आदमी डंडे लिए हुए कमरे में घुस आए और पंडितजी पर टूट पड़े। रानी ने भागकर दूसरे कमरे की शरण ली और किवाड़ बंद कर लिए। पंडितजी पर मार पड़ने लगी। यों तो पंडितजी भी बलशाली आदमी थे, एक गुप्ती सदैव साथ रखते थे। पर जब धोखे में कई आदमियों ने धर दबाया तो क्या करते? कभी इसका पैर पकड़ते, कभी उसका। हाय! हाय! का शब्द निरंतर मुंह से निकल रहा था पर उन निर्दयी लोगों को उन पर जरा भी दया न आती थी। एक आदमी ने एक लात जमाकर कहा, 'इस दुष्ट की नाक काट लो।'

दूसरा बोला, 'इसके मुंह में कालिख और चूना लगाकर छोड़ दो।'

तीसरा – 'क्यों वैद्यजी महाराज, बोलो क्या मंजूर है? नाक कटवाओ या मुंह में कालिख लगवाओगे?'

पंडित – 'हाय! हाय! मर गया। और जो चाहे करो, मगर नाक न काटो।'

एक- 'अब तो फिर इधर न आओगे?'

पंडित- 'भूलकर भी नहीं, सरकार! हाय मर गया।'

दूसरा- 'आज ही लखनऊ से भाग जाओ। नहीं तो बुरा होगा।'

पंडित- 'सरकार, मैं आज ही चला जाऊंगा। जनेऊ की कसम खाकर कहता हूं। आप मेरी यहां सूरत न देखेंगे।'

तीसरा- 'अच्छा भाई, सब कोई पांच-पांच लातें लगाकर छोड़ दो।'

पंडित-'अरे सरकार, मर जाऊंगा, दया करो।'

चौथा-'तुम जैसे पाखंडियों का मर जाना ही अच्छा है। हां, तो शुरू हो।'

लातें पड़ने लगीं, धमाधम की आवाजें आने लगीं। मालूम होता था, नगाड़े पर चोट पड़ रही है। हर धमाके के बाद एक बार हाय की आवाज निकल आती थी, मानो उसकी प्रतिध्वनि हो।

लातों से पीटने के बाद लोगों ने मोटेरामजी को घसीटकर बाहर निकाला और मोटर पर बैठाकर घर भेज दिया। चलते-चलते चेतावनी दे दी कि प्रात:काल से पहले भाग खड़े होना, नहीं तो और ही इलाज किया जाएगा।

मोटेराम जी लंगड़ाते, कराहते, लकड़ी टेकते घर में गए और धम से चारपाई पर गिर पड़े। स्त्री ने घबराकर पूछा, 'कैसा जी है? अरे, तुम्हारा क्या हाल है? हाय-हाय!'

'यह तुम्हारा चेहरा कैसा हो गया है?'

मोटेराम- 'हाय भगवान्, मर गया।'

स्त्री- कहां दर्द है? इसी कारण कहती थी, बहुत रबड़ी न खाओ। लवणभास्कर ले आऊं?'

मोटेराम- 'हाय! दुष्टों ने मार डाला। उसी चांडालिनी के कारण मेरी दुर्गति हुई। मारते-मारते सबने भुरकुस निकाल लिया।'

स्त्री- 'तो यह कहो कि पिटकर आए हो। हां, पिटे तो हो।

   पंचपरमेश्वर और अन्य कहानियां

अच्छा हुआ। हो तुम लातों के ही देवता। कहती थी कि रानी के यहां मत आया-जाया करो, मगर तुम कब सुनते थे?

मोटेराम- 'हाय, हाय! तुझे भी इस दम कोसने की सूझी। मेरा तो बुरा हाल है और तू कोस रही है। किसी से कह दे, ठेला-वेला लाए, रातों-रात लखनऊ से भाग जाना है। नहीं तो सवेरे प्राण न बचेंगे।

स्त्री- 'नहीं, अभी तुम्हारा पेट नहीं भरा। अभी कुछ दिन यहां की हवा खा लो। कैसे मजे से लड़के पढ़ाते थे वहां, नहीं तो वैद्य बनने की सूझी। बहुत अच्छा हुआ, अब उम्र भर न भूलोगे। रानी कहां थी कि तुम पिटते रहे और उसने तुम्हारी रक्षा न की?'

पंडित- 'हाय, हाय! वह चुड़ैल तो भाग गई। उसी के कारण। क्या जानता था कि यह हाल होगा, नहीं तो उसकी चिकित्सा ही क्यों करता?'

स्त्री- 'हो तुम तकदीर के खोटे। कैसी वैद्यकी चल गई थी? मगर तुम्हारे बुरे कर्मों ने सत्यानाश कर दिया। आखिर फिर वही पढ़ाने का काम करना पड़ा। हो तकदीर के खोटे।'

प्रात:काल मोटेराम जी के द्वार पर ठेला खड़ा था और उस पर सामान लद रहा था। मित्रों में एक भी नजर न आता था। पंडितजी पड़े कराह रहे थे और स्त्री सामान लदवा रही थी।

अधिकार-चिन्ता

टॉमी यों देखने में तो बहुत तगड़ा था। भौंकता तो सुनने वाले के कानों के परदे फट जाते। डील-डौल भी ऐसा कि अंधेरी रात में उस पर गधे का भ्रम हो जाता। लेकिन उसकी श्वानोचित वीरता किसी संग्रामक्षेत्र में प्रमाणित न होती थी। दो-चार दफे जब बाजार के लेंड़ियों ने उसे चुनौती दी, तो वह उनका गर्व-मर्दन करने के लिए मैदान में आया और देखने वालों का कहना है कि जब तक लड़ा, जीवट से लड़ा, नखों और दांतों से ज्यादा चोटें उसकी दुम ने की। निश्चित रूप से नहीं कहा जा सकता कि मैदान किसके हाथ रहा, किंतु जब उस दल को कुमुक मंगानी पड़ी, तो रणशास्त्र के नियमों के अनुसार विजय का श्रेय टॉमी ही को देना उचित न्यायानुकूल जान पड़ता है। टॉमी ने उस अवसर पर कौशल से काम लिया और दांत निकाल दिये, जो संधि की याचना थी। किंतु तब से उसने ऐसे सत्रीति-विहीन प्रतिद्वंद्वियों के मुंह लगना उचित न समझा।

इतना शांतिप्रिय होने पर भी टॉमी के शत्रुओं की संख्या दिनोंदिन बढ़ती जाती थी। उसके बराबर वाले उससे इसलिए जलते कि वह इतना मोटा-ताजा होकर इतना भीरू क्यों हैं? बाजारी दल इसलिए जलता कि टॉमी के मारे घूरों पर की हड्डियां भी न बचने पाती थी। वह घड़ी-रात रहे उठता और

हलवाइयों की दुकानों के सामने के दोने और पत्तल, कसाईखाने के सामने की हड्डियां और छीछड़े चबा डालता। अतएव इतने शत्रुओं के बीच में रहकर टॉमी का जीवन संकटमय होता जाता था। महीनों बीत जाते और पेट भर भोजन न मिलता। दो-तीन बार उसे मनमाने भोजन करने की ऐसी प्रबल उत्कंठा हुई कि उसने संदिग्ध साधनों द्वारा उसको पूरा करने की चेष्टा की, पर जब परिणाम आशा के प्रतिकूल हुआ और स्वादिष्ट पदार्थों के बदले अरुचिकर दुर्गाह्य वस्तुएं भरपेट खाने को मिली, जिससे पेट के बदले कई दिन तक पीठ में विषम वेदना होती रही तो उसने विवश होकर फिर सन्मार्ग का आश्रय लिया। पर डंडों से पेट चाहे भर गया हो, वह उत्कंठा शांत न हुई। वह किसी ऐसी जगह जाना चाहता था, जहां खूब शिकार मिले; खरगोश, हिरन, भेड़ों के बच्चे मैदानों में विचर रहे हों और उनका कोई मालिक न हो, जहां किसी प्रतिद्वंद्वी की गंध तक न हो, आराम करने को सघन वृक्षों की छाया हो, पीने को नदी का पवित्र जल। वहां मनमाना शिकार करूं, खाऊं और मीठी नींद सोऊं। वहां चारों ओर मेरी धाक बैठ जाये; सब पर ऐसा रौब छा जाये कि मुझी को अपना राजा समझने लगें और धीरे-धीरे मेरा ऐसा सिक्का बैठ जाये कि किसी द्वेषी को वहां पैर रखने का साहस ही न हो।

संयोगवश एक दिन वह इन्हीं कल्पनाओं के सुख स्वप्न देखता हुआ सिर झुकाये सड़क-गलियों से चला जा रहा था कि सहसा एक सज्जन से उसकी मुठभेड़ हो गयी। टॉमी ने चाहा कि बचकर निकल जाऊं, पर वह दुष्ट इतना शांतिप्रिय न था। उसने तुरंत झपटकर टॉमी का टेंटुआ पकड़ लिया। टॉमी ने बहुत अनुनय-विनय की, गिड़गिड़ाकर कहा- 'ईश्वर के लिए मुझे यहां से चले जाने दो; कसम ले लो, जो इधर पैर रखूं। मेरी शामत

आयी थी कि तुम्हारे अधिकार क्षेत्र में चला आया।” पर उस मदांध और निर्दय प्राणी ने जरा भी रिआयत न की। अंत में हारकर टॉमी ने गदर्भ स्वर में फरियाद करनी शुरू की। यह कोलाहल सुनकर मोहल्ले के दो-चार नेता लोग एकत्र हो गये, पर उन्होंने भी दीन पर दया करने के बदले उलटे उसी पर दंत-प्रहार करना शुरू किया। इस अन्यायपूर्ण व्यवहार ने टॉमी का दिल तोड़ दिया। वह जान छुड़ाकर भागा। उन अत्याचारी पशुओं ने बहुत दूर तक उसका पीछा किया, यहां तक कि मार्ग में एक नदी पड़ गयी और टॉमी ने उसमें कूदकर अपनी जान बचायी।

कहते हैं, एक दिन सबके दिन फिरते हैं। टॉमी के दिन भी नदी में कूदते ही फिर गये। कूदा था जान बचाने के लिए, हाथ लग गये मोती। तैरता हुआ उस पार पहुंचा, तो वहां उसकी चिर-संचित अभिलाषाएं मूर्तिमती हो रही थीं।

यह एक विस्तृत मैदान था। जहां तक निगाह जाती थी, हरियाली की छटा दिखायी देती थी। कहीं नालों का मधुर कलरव था, कहीं झरनों का मंद गान, कहीं वृक्षों के सुखद पुंज थे, कहीं रेत के सपाट मैदान। बड़ा सुरम्य मनोहर दृश्य था।

यहां बड़े तेज नखों वाले पशु थे, जिनकी सूरत देखकर टॉमी का कलेजा दहल उठता था, पर उन्होंने टॉमी की कुछ परवाह न की। वे आपस में नित्य लड़ा करते थे, नित्य खून की नदी बहा करती थी। टॉमी ने देखा, यहां इन भयंकर जंतुओं से पार न पा सकूंगा। उसने कौशल से काम लेना शुरू किया। जब दो लड़ने वाले पशुओं में एक घायल और मुर्दा होकर गिर पड़ता, तो टॉमी लपककर मांस का कोई टुकड़ा ले भागता और एकांत में बैठकर खाता। विजयी पशु विजय के उन्माद में उसे तुच्छ समझकर कुछ न बोलता।

 पंचपरमेश्वर और अन्य कहानियां

अब क्या था, टॉमी के पौ-बारह हो गये। सदा दीवाली रहने लगी। न गुड़ की कमी थी, न गेहूं की। नित्य नये पदार्थ उड़ाता और वृक्षों के नीचे आनंद से सोता। उसने ऐसे सुख स्वर्ग की कल्पना भी न की थी। वह मरकर नहीं, जीते जी स्वर्ग पा गया।

थोड़े ही दिनों में पौष्टिक पदार्थों के सेवन से टॉमी की चेष्टा ही कुछ और हो गयी। उसका शरीर तेजस्वी और सुगठित हो गया। अब वह छोट-मोटे जीवों पर स्वयं हाथ साफ करने लगा। जंगल के जंतु अब चौंके और उसे वहां से भगा देने का यत्न करने लगे। टॉमी ने एक नयी चाल चली। वह कभी किसी पशु से कहता– तुम्हारा फलां शत्रु तुम्हें मार डालने की तैयारी कर रहा है, किसी से कहता– फलां तुमको गाली देता था। जंगल के जंतु उसके चकमे में आकर लड़ जाते और टॉमी की चांदी हो जाती। अंत में यहां तक नौबत पहुंची कि बड़े-बड़े जंतुओं का नाश हो गया। छोटे-मोटे पशुओं का उससे मुकाबला करने का साहस न होता था। उसकी उन्नति और शक्ति देखकर उन्हें ऐसा प्रतीत होने लगा, मानो यह विचित्र जीव आकाश से हमारे ऊपर शासन करने के लिए भेजा गया है। टॉमी भी अब अपनी शिकारबाजी के जौहर दिखाकर उनकी इस भ्रांति को पुष्ट किया करता था। बड़े गर्व से कहता –'परमात्मा ने मुझे तुम्हारे ऊपर राज्य करने के लिए भेजा है। यह ईश्वर की इच्छा है। तुम आराम से अपने घर में पड़े रहो। मैं तुमसे कुछ न बोलूंगा, केवल तुम्हारी सेवा करने के पुरस्कारस्वरूप तुममें से एकाध का शिकार कर लिया करूंगा। आखिर मेरा भी तो पेट है, बिना आहार के कैसे जीवित रहूंगा और कैसे तुम्हारी रक्षा करूंगा।' वह अब बड़ी शान से जंगल में चारों ओर गौरवान्वित दृष्टि से ताकता हुआ विचरा करता।

टॉमी को अब कोई चिंता थी तो यह कि इस देश में मेरा कोई मुद्दई न उठ खड़ा हो। वह नित्य सजग और सशस्त्र रहने लगा।

ज्यों-ज्यों दिन गुजरते थे और सुख-भोग का चस्का बढ़ता जाता था, त्यों-त्यों उसकी चिंता भी बढ़ती जाती थी। बस अब बहुधा रात को चौंक पड़ता और किसी अज्ञात शत्रु के पीछे दौड़ता। अकसर 'अंधा कूकुर बल से भूंके' वाली लोकोक्ति को चरितार्थ करता। वन के पशुओं से कहता- 'ईश्वर न करे कि तुम किसी दूसरे शासक के पंजे में फंस जाओ। वह तुम्हें पीस डालेगा। मैं तुम्हारा हितैषी हूं सदैव तुम्हारी शुभकामना में मग्न रहता हूं। किसी दूसरे से यह आशा मत रखो।' पशु एक स्वर में कहते- 'जब तक हम जियेंगे, आप ही के अधीन रहेंगे।'

आखिरकार यह हुआ कि टॉमी को क्षणभर भी शांति से बैठना दुर्लभ हो गया। वह रात-रात, दिन-दिन भर नदी के किनारे इधर से उधर चक्कर लगाया करता। दौड़ते-दौड़ते हांफने लगता, बेदम हो जाता, मगर चित्त को शांति न मिलती। कहीं कोई शत्रु न घुस आये।

लेकिन क्वार का महीना आया तो टॉमी का चित्त एक बार फिर अपनी पुरानी सहचरी से मिलने के लिए ललायित होने लगा। वह अपने मन को किसी भांति रोक न सका। वह दिन याद आया, जब दो-चार मित्रों के साथ किसी प्रेमिका के पीछे गली-गली और कूचे-कूचे में चक्कर लगाता था। दो-चार दिन तो उसने सब्र किया, पर अन्त में आवेग इतना प्रबल हुआ कि वह तकदीर ठोंककर खड़ा हुआ। उसे अब अपने तेज और बल पर अभिमान था। दो-चार को तो वही मजा चखा सकता था।

किन्तु नदी के इस पार आते ही उसका आत्मविश्वास प्रात:काल के तम के समाने फटने लगा। उसकी चाल मन्द पड़ गयी, आप-ही-आप सिर झुक गया, दुम सिकुड़ गयी। मगर प्रेमिका को आते देखकर वह विह्वल हो उठा, उसके पीछे हो लिया। प्रेमिका को उसकी कुचेष्टा अप्रिय लगी। उसने तीव्र स्वर से उसकी अवहेलना

 पंचपरमेश्वर और अन्य कहानियां

की। उसकी आवाज सुनते ही उसके कई प्रेमी आ पहुंचे और टॉमी को वहां देखते ही आपे से बाहर हो गये। टॉमी सिटपिटा गया। अभी निश्चय न कर सका था कि क्या करूं कि चारों ओर से उस पर दांतों और नखों की वर्षा होने लगी। भागते भी न बन पड़ा। देह लहूलुहान हो गयी। भागा भी, तो शैतानों का एक दल पीछे था।

उस दिन से उसके दिल में शंका-सी समा गयी। हर घड़ी यह भय लगा रहता कि आक्रमणकारियों का दल मेरे सुख और शांति में बाधा डालने के लिए मेरे स्वर्ग को विध्वंस करने के लिये आ रहा है। यह शंका पहले भी कम न थी, अब और भी बढ़ गयी।

एक दिन उसका चित्त भय से इतना व्याकुल हुआ कि उसे जान पड़ा, शत्रु दल आ पहुंचा। वह बड़े वेग से नदी के किनारे आया और इधर-से-उधर दौड़ने लगा।

दिन बीत गया, रात बीत गयी, पर उसने विश्राम न लिया। दूसरा दिन आया और गया, पर टॉमी निराहार, निर्जल नदी के किनारे चक्कर लगाता रहा।

इस तरह पांच दिन बीत गये। टॉमी के पैर लड़खड़ाने लगे, आंखों-तले अंधेरा छाने लगा। क्षुधा से व्याकुल होकर गिर पड़ा, पर वह शंका किसी भांति शांत न हुई।

अन्त में सातवें दिन अभागा टॉमी अधिकार-चिन्ता से ग्रस्त, जर्जर और शिथिल होकर परलोक सिधारा। वन का कोई पशु उसके निकट न गया। किसी ने उसकी चर्चा तक न की, किसी ने उसकी लाश पर आंसू तक न बहाये। कई दिनों तक उस पर गिद्ध और कौए मंडराते रहे, अन्त में अस्थि-पंजरों के सिवा और कुछ न रह गया।

चमत्कार

बी.ए. पास करने के बाद चन्द्रप्रकाश को एक ट्यूशन करने के सिवा और कुछ न सूझा। उनकी माता पहले ही मर चुकी थीं, इसी साल पिता का भी देहान्त हो गया। चन्द्र प्रकाश जीवन के जो मधुर स्वप्न देखा करता था, वे सब धूल में मिल गये। पिता ऊंचे ओहदे पर थे, उनकी कोशिश से चन्द्रप्रकाश को कोई अच्छी जगह मिलने की पूरी आशा थी, पर वे सब मंसूबे धरे रह गये और अब गुजर-बसर के लिए वही 30 रु. महीने की ट्यूशन रह गई। पिता ने कुछ सम्पत्ति भी न छोड़ी, उल्टे वधू का बोझ और सिर लाद दिया, फिर स्त्री भी मिली तो पढ़ी-लिखी, शौकीन, जबान की तेज, जिसे मोटा खाने और मोटा पहनने से मर जाना कबूल था। चन्द्रप्रकाश को 30 रु. की नौकरी करते शर्म तो आयी, लेकिन ठाकुर साहब ने रहने का स्थान देकर उसके आंसू पोंछ दिये। यह मकान ठाकुर साहब के मकान से बिलकुल मिला हुआ था-पक्का, हवादार, साफ-सुथरा और ज़रूरी सामान से लैस। ऐसा मकान 20 रु. से कम पर न मिलता, काम केवल दो घंटे का। लड़का था तो लगभग उन्हीं की उम्र का, पर बड़ा कुंद-जेहन, कामचोर। अभी नवें दर्जे में पढ़ता था। सबसे बड़ी बात यह कि ठाकुर और ठकुराइन दोनों प्रकाश का बहुत आदर करते थे, बल्कि उसे लड़का ही समझते थे। वह नौकर नहीं, घर का आदमी था

और घर के हर एक मामले में उसकी सलाह ली जाती थी। ठाकुर साहब अंगरेज़ी नहीं जानते थे। उनकी समझ में अंगरेज़ीदां लौंडा भी उनसे ज्यादा बुद्धिमान, चतुर और तजुर्बेकार था।

संध्या का समय था। प्रकाश ने अपने शिष्य वीरेन्द्र को पढ़ाकर छड़ी उठायी, तो ठकुराइन ने आकर कहा- 'अभी न जाओ बेटा, ज़रा मेरे साथ आओ, तुमसे कुछ सलाह करनी है।'

प्रकाश ने मन में सोचा-आज कैसी सलाह है, वीरेन्द्र के सामने क्यों नहीं कहा? उसे भीतर ले जाकर रमा देवी ने कहा-'तुम्हारी क्या सलाह है, वीरु को ब्याह दूं? एक बहुत अच्छे घर से सन्देशा आया है।'

प्रकाश ने मुस्कराकर कहा- 'यह तो वीरू बाबू ही से पूछिए।'

'नहीं, मैं तुमसे पूछती हूं।'

प्रकाश ने असमंजस में पड़कर कहा-'मैं इस विषय में क्या सलाह दे सकता हूं? उनका बीसवां साल तो है, लेकिन यह समझ लीजिए कि पढ़ना हो चुका।'

'तो अभी न करूं, यही सलाह है?'

'जैसा आप उचित समझें। मैंने तो दोनों बातें कह दीं।'

'तो कर डालूं? मुझे यही डर लगता है कि लड़का कहीं बहक न जाये।'

'मेरे रहते इसकी तो आप चिन्ता न करें। हां, इच्छा हो तो कर डालिए। कोई हरज भी नहीं है।'

'सब तैयारियां तुम्हीं को करनी पड़ेंगी, यह समझ लो।'

'तो मैं इनकार कब करता हूं।'

रोटी की खैर मनाने वाले शिक्षित युवकों में एक प्रकार की दुविधा होती है, जो उन्हें अप्रिय सत्य कहने से रोकती है। प्रकाश में भी यही कमजोरी थी।

बात पक्की हो गयी और विवाह का सामान आने लगा। ठाकुर साहब उन मनुष्यों में थे, जिन्हें अपने ऊपर विश्वास नहीं होता। उनकी निगाह में प्रकाश की डिग्री, उनके साठ साल के अनुभव से कहीं अधिक मूल्यवान थी। विवाह का सारा आयोजन प्रकाश के हाथों में था। दस-बारह हजार रुपये खर्च करने का अधिकार कुछ कम गौरव की बात न थी। देखते-देखते एक फटेहाल युवक जिम्मेदार मैनेजर बन बैठा। कहीं कपड़े वाला उसे सलाम करने आया है, कहीं मुहल्ले का बनिया घेरे हुए है, कहीं गैस और शामियाने वाला खुशामद कर रहा है। वह चाहता, तो दो-चार सौ रुपये बड़ी आसानी से बना लेता, लेकिन इतना नीच न था। फिर उसके साथ क्या दगा करता, जिसने सब कुछ उसी पर छोड़ दिया था। पर जिस दिन उसने पांच हजार के जेवर खरीदे, उस दिन उसका मन चंचल हो उठा।

घर आकर चम्पा से बोला– 'हम तो यहां रोटियों के मोहताज हैं और दुनिया में ऐसे आदमी पड़े हुए हैं, जो हजारों-लाखों रुपये के जेवर बनवा डालते हैं। ठाकुर साहब ने आज बहू के चढ़ावे के लिए पांच हजार के जेवर खरीदे, ऐसी-ऐसी चीज़ें कि देखकर आंखें ठण्डी हो जायें। सच कहता हूं, आज चीज़ों पर तो आंख नहीं ठहरती थी।'

चम्पा ईर्ष्या-जनित विराग से बोली– 'ऊंह, हमें क्या करना है? जिन्हें ईश्वर ने दिया है, वे पहनें। यहां तो रोकर मरने के ही के लिए पैदा हुए हैं।'

चन्द्रप्रकाश –'इन्हीं लोगों को मौज है। न कमाना, न धमाना। बाप-दादा छोड़ गये हैं, मजे से खाते और चैन करते हैं। इसी से कहता हूं, ईश्वर बड़ा अन्यायी है।'

चम्पा– 'अपना-अपना पुरुषार्थ है, ईश्वर का क्या दोष है? तुम्हारे बाप-दादा छोड़ गये होते, तो तुम भी मौज करते। यहां तो रोटियां चलनी मुश्किल है, गहने-कपड़े को कौन रोये। और न इस ज़िन्दगी में कोई ऐसी आशा ही है। कोई गत की साड़ी भी नहीं रही कि किसी भले आदमी के घर जाऊं, तो पहन लूं। मैं तो इसी सोच में हूं कि ठकुराइन के यहां ब्याह में कैसे जाऊंगी। सोचती हूं, बीमार पड़ जाती तो जान बचती।'

यह कहते-कहते उसकी आंखें भर आयीं।

प्रकाश ने तसल्ली दी– 'साड़ी तुम्हारे लिए लाऊं। अब क्या इतना भी न कर सकूंगा? मुसीबत के ये दिन क्या सदा बने रहेंगे? जिन्दा रहा, तो एक दिन तुम सिर से पांव तक जेवरों से लदी रहोगी।'

चम्पा मुस्कराकर बोली– 'चलो, ऐसी मन की मिठाई मैं नहीं खाती। निबाह होता जाये, यही बहुत है। गहनों की साध नहीं है।'

प्रकाश ने चम्पा की बातें सुनकर लज्जा और दु:ख से सिर झुका लिया। चम्पा उसे इतना पुरुषार्थहीन समझती है।

रात को दोनों भोजन करके लेटे, तो प्रकाश ने फिर गहनों की बात छेड़ी। गहने उसकी आंखों में बसे हुए थे– 'इस शहर में ऐसे बढ़िया गहने बनते हैं, मुझे इसकी आशा न थी।'

चम्पा ने कहा–'कोई और बात करो। गहनों की बात सुनकर जी जलता है।'

'वैसी चीज़ें तुम पहनो, तो रानी मालूम होने लगो।'

'गहनों से क्या सुन्दरता बढ़ जाती है? मैंने तो ऐसी बहुत-सी औरतें देखी हैं, जो गहने पहनकर भद्दी दिखने लगती है।'

'ठाकुर साहब भी मतलब के यार हैं। यह न हुआ कि कहते, इसमें से कोई चीज चम्पा के लिए भी लेते जाओ।'

'तुम भी कैसी बच्चों की-सी बातें करते हो?'

'इसमें बचपन की क्या बात है? कोई उदार आदमी कभी इतनी कृपणता न करता।'

'मैंने तो कोई ऐसा उदार आदमी नहीं देखा, जो अपनी बहू के गहने किसी गैर को दे दे।'

'मैं गैर नहीं हूं। हम एक ही मकान में रहते हैं। मैं उनके लड़के को पढ़ाता हूं और शादी का सारा इन्तजाम कर रहा हूं। अगर सौ-दो सौ की कोई चीज़ दे देते, तो वह निष्फल न जाती। मगर धनवानों का हृदय धन के भार से दबकर सिकुड़ जाता है, उनमें उदारता के लिए स्थान ही नहीं रहता।'

रात के बारह बज गये हैं, फिर भी प्रकाश को नींद नहीं आती। बार-बार वही चमकीले गहने आंखों के सामने आ जाते हैं। कुछ बादल हो आये हैं और बार-बार बिजली चमक उठती है।

सहसा प्रकाश चारपाई से उठ खड़ा हुआ। उसे चम्पा का आभूषणहीन अंग देखकर दया आयी। यही तो खाने-पहनने की उम्र है और इसी उम्र में इस बेचारी को हर एक चीज़ के लिए तरसना पड़ रहा है। वह दबे पांव कमरे से बाहर निकलकर छत पर आया। उसकी ठाकुर साहब की छत से मिलती हुई थी। बीच में एक पांच फीट ऊंची दीवार थी। वह दीवार पर चढ़कर ठाकुर साहब की छत पर आहिस्ता से उतर गया। घर में बिलकुल सन्नाटा था।

उसने सोचा-पहले जीने से उतरकर ठाकुर साहब के कमरे में चलूं। अगर वह जाग गये, तो जोर से हसूंगा और कहूंगा- कैसा चरका दिया, यह कह दूंगा, मेरे घर की छत से कोई आदमी इधर आता दिखायी दिया, इसलिए मैं भी उसके पीछे-पीछे आया कि देखूं, यह क्या करता है। अगर सन्दूक की कुंजी मिल गयी तो

फिर फतह है। किसी को मुझ पर सन्देह ही न होगा। सब लोग नौकरों पर सन्देह करेंगे। मैं भी कहूंगा-साहब! नौकरों की हरकत है। इन्हें छोड़कर और कौन ले जा सकता है? मैं बेदाग बच जाऊंगा। शादी के बाद कोई दूसरा घर लूंगा। फिर धीरे-धीरे एक-एक चम्पा को दूंगा, जिससे उसे कोई सन्देह न हो।

और वह जीने से उतरने लगा, लेकिन उसकी छाती धड़क रही थी।

धूप निकल आयी थी। प्रकाश अभी सो रहा था कि चम्पा ने उसे जगाकर कहा- 'बड़ा गजब हो गया। रात को ठाकुर साहब के घर में चोरी हो गयी। चोर गहने की सन्दूकची उठा ले गया।'

प्रकाश ने पड़े-पड़े पूछा- 'किसी ने पकड़ा नहीं चोर को?'

'किसी को खबर भी हो। वह सन्दूकची ले गया, जिसमें ब्याह के गहने रखे थे। न जाने कैसे कुंजी उड़ा ली और न जाने कैसे उसे मालूम हुआ कि इस सन्दूक में सन्दूकची रखी है?'

'नौकरों की कार्रवाई होगी। बाहरी चोर का यह काम नहीं है।'

'नौकर तो उनके तीनों पुराने है।'

'नीयत बदलते क्या देर लगती है। आज मौका देखा, उठा ले गये! तुम जाकर ज़रा उन लोगों को तसल्ली तो दो। ठकुराइन बेचारी रो रही थीं। तुम्हारा नाम ले-लेकर कहती थी कि बेचारा महीनों इन गहनों के लिए दौड़ा, एक-एक चीज़ अपने सामने जंचवायी और चोर दाढ़ीजारों ने उसकी सारी मेहनत पर पानी फेर दिया।'

प्रकाश चटपट उठ बैठा और घबराता हुआ-सा जाकर ठकुराइन से बोला- 'यह तो बड़ा अनर्थ हो गया माताजी, मुझसे तो अभी-अभी चम्पा ने कहा।'

ठाकुर साहब सिर पर हाथ रखे बैठे हुए थे। बोले- 'कहीं सेंध नहीं, कोई ताला नहीं टूटा, किसी दरवाजे की चूल नहीं उतरी। समझ में नहीं आता, चोर आया किधर से!'

ठकुराइन ने रोकर कहा- 'मैं तो लुट गयी भैया, ब्याह सिर पर खड़ा है, कैसे क्या होगा, भगवान। तुमने दौड़-धूप की थी, तब कहीं जाके चीज़ें आयी थीं। न जाने किस मनहूस सायत से लग्न आयी थी।'

प्रकाश ने ठाकुर साहब के कान में कहा- 'मुझे तो किसी नौकर की शरारत मालूम होती है।'

ठकुराइन ने विरोध किया- 'अरे नहीं भैया, नौकरों में ऐसा कोई नहीं। दस-दस हजार रुपये यों ही ऊपर रखे रहते थे, कभी एक पाई भी नहीं गयी।'

ठाकुर साहब ने नाक सिकोड़कर कहा- 'तुम क्या जानो, आदमी का मन कितना जल्द बदल जाया करता है। जिसने अब तक चोरी नहीं की, वह कभी चोरी न करेगा, यह कोई नहीं कह सकता। मैं पुलिस में रिपोर्ट करूंगा और एक-एक नौकर की तलाशी कराऊंगा। कहीं माल उड़ा दिया होगा। जब पुलिस के जूते पड़ेंगे, तो आप ही कबूलेंगे।'

प्रकाश ने पुलिस का घर में आना खतरनाक समझा। कहीं उन्हीं के घर में तलाशी ले, तो अनर्थ ही हो जाये। बोले- 'पुलिस में रिपोर्ट करना और तहकीकात करना व्यर्थ है। पुलिस माल तो न बरामद कर सकेगी। हां, नौकरों को मारपीट भले ही लेगी। कुछ नज़र भी उसे चाहिये, नहीं तो कोई दूसरा ही स्वांग खड़ा कर देगी। मेरी तो सलाह है कि एक-एक नौकर को एकान्त में बुलाकर पूछा जाये।'

ठाकुर साहब ने मुंह बनाकर कहा- 'तुम भी क्या बच्चों की-सी बात करते हो, प्रकाश बाबू! भला चोरी करने वाला अपने

आप कबूलेगा। तुम मारपीट भी तो नहीं करते। हां, पुलिस में रिपोर्ट करना मुझे भी फिजूल मालूम होता है। माल बरामद होने से रहा, उल्टे महीनों की परेशानी हो जायेगी।'

प्रकाश- 'लेकिन कुछ-न-कुछ तो करना ही पड़ेगा।'

ठाकुर- 'कोई लाभ नहीं। हां, अगर कोई खुफिया पुलिस हो, जो चुपके-चुपके पता लगाये तो अलबत्ता माल निकल आये, लेकिन यहां ऐसी पुलिस कहां? तकदीर ठोंककर बैठे रहो और क्या।'

प्रकाश- 'आप बैठे रहिए; लेकिन मैं बैठने वाला नहीं। मैं इन्हीं नौकरों के सामने चोर का नाम निकलवाऊंगा।'

ठकुराइन- 'नौकरों पर मुझे पूरा विश्वास है। किसी का नाम निकल भी आये, तो मुझे सन्देह ही रहेगा। किसी बाहर के आदमी का काम है। चाहे जिधर से आया हो, पर चोर आया बाहर से। तुम्हारे कोठे से भी तो आ सकता है।'

ठाकुर- 'हां, जरा अपने कोठे पर तो देखो, शायद कुछ निशान मिले। कल दरवाजा तो खुला नहीं रह गया?'

प्रकाश का दिल धड़कने लगा। बोला- 'मैं तो दस बजे द्वार बन्द कर लेता हूं। हां, कोई पहले से मौका पाकर कोठे पर चला गया हो और वहां छिपा बैठा रहा हो, तो बात दूसरी है।'

तीनों आदमी छत पर गये, तो बीच की मुंडेर पर किसी के पांव की रगड़ के निशान दिखाई दिये। जहां पर प्रकाश का पांव पड़ा था, वहां का चूना लग जाने के कारण छत पर पांव का निशान पड़ गया था। प्रकाश की छत पर जाकर मुंडेर की दूसरी तरफ देखा, तो वैसे ही निशान वहां भी दिखाई दिये। ठाकुर साहब सिर झुकाये खड़े थे, संकोच के मारे कुछ कह न सकते थे। प्रकाश ने उनके मन की बात खोल दी- 'इससे तो स्पष्ट होता है

कि चोर मेरे ही घर में से आया। अब तो कोई सन्देह ही नहीं रहा।'

ठाकुर साहब ने कहा- 'हां, मैं भी यही समझता हूं, लेकिन इतना पता लग जाने से ही क्या हुआ। माल तो जाना था, सो गया। अब चलो, आराम से बैठें। आज रुपये की कोई फिक्र करनी होगी। इसमें तुम्हारा कोई दोष नहीं।'

प्रकाश- 'आप कहे न कहे, लेकिन मैं समझता हूं मेरे सिर बड़ा भारी अपराध लग गया। मेरा दरवाजा नौ-दस बजे तक खुला ही रहता है। चोर ने रास्ता देख लिया। संभव है, दो-चार दिन में फिर आ घुसे। घर में अकेली एक औरत सारे घर की निगरानी नहीं कर सकती। इधर वह तो रसोई में बैठी है, उधर कोई आदमी चुपके से ऊपर चढ़ जाये, तो ज़रा भी आहट नहीं मिल सकती। मैं घूम-घूमाकर कभी नौ बजे आया, कभी दस बजे। और शादी के दिनों में तो देर होती ही रहेगी। उधर का रास्ता बन्द हो जाना चाहिए। मैं तो समझता हूं, इस चोरी की सारी जिम्मेदारी मेरे सिर है।'

ठकुराइन डरी- 'तुम चले जाओगे भैया, तब तो घर और फाड़ खायेगा।'

प्रकाश- 'कुछ भी हो माताजी, मुझे बहुत जल्द घर छोड़ना ही पड़ेगा। मेरी गफलत से चोरी हुई, उसका मुझे प्रायश्चित करना ही पड़ेगा।'

प्रकाश चला गया, तो ठाकुर ने स्त्री से कहा- 'बड़ा लायक आदमी है।'

ठकुराइन-'क्या बात है चोर उधर से आया, यही बात उसे लग गयी।'

'कहीं यह चोर को पकड़ पाये, तो कच्चा खा जाये।'

'मार ही डाले!'

'देख लेना, कभी-न-कभी माल बरामद करेगा।'

'अब इस घर में कदापि न रहेगा, कितना ही समझाओ।'

'किराये के 20 रु. और दे दूंगा।'

'हम किराया क्यों दें? वह आप घर ही छोड़ रहे हैं। हम तो कुछ कहते नहीं। '

'किराया तो देना ही पड़ेगा। ऐसे आदमी के साथ कुछ बल भी खाना पड़े, तो बुरा नहीं लगता।'

'मैं तो समझती हूं, वह किराया लेंगे ही नहीं।'

'तीस रुपये में गुजर भी तो न होता होगा।'

प्रकाश ने उसी दिन वह घर छोड़ दिया। उस घर में रहने से जोखिम था। लेकिन जब तक शादी की धूमधाम रही, प्राय: सारा दिन यही रहता था। चम्पा से कहा- 'एक सेठजी के यहां 50/- महीने का काम और मिल गया है, मगर वह रुपये मैं उन्हीं के पास जमा करता जाऊंगा। वह आमदनी केवल जेवरों में खर्च होगी। उसमें से एक पाई भी घर के खर्च में न आने दूंगा।' चम्पा फड़क उठी। पति-प्रेम का यह परिचय पाकर उसने अपने भाग्य को सराहा, देवताओं में उसकी श्रद्धा और भी बढ़ गयी।

अब तक प्रकाश और चम्पा के बीच में कोई परदा न था। प्रकाश के पास जो कुछ था, वह चम्पा का था। चम्पा ही के पास उसके बक्से, संदूक, अलमारी की कुंजियां रहती थीं, मगर अब प्रकाश का एक संदूक हमेशा बन्द रहता। उसकी कुंजी कहां है, इसका चम्पा को पता नहीं। वह पूछती- 'इस सन्दूक में क्या है,' तो वह कह देता- कुछ नहीं, पुरानी किताबें मारी-मारी फिरती

थीं, उठाकर सन्दूक में बन्द कर दी है।' चम्पा को सन्देह का कोई कारण न था।

एक दिन चम्पा पति को पान देने गयी तो देखा, वह उस सन्दूक को खोले हुए देख रहे हैं। उसे देखते ही उन्होंने सन्दूक जल्दी से बंद कर दिया। उनका चेहरा जैसे फक हो गया। सन्देह का अंकुर जमा, मगर पानी न पाकर सूख गया। चम्पा किसी ऐसे कारण की कल्पना ही न कर सकी, जिससे सन्देह को आश्रय मिलता।

लेकिन पांच हजार की सम्पत्ति को इस तरह छोड़ देना कि उसका ध्यान ही न आये, प्रकाश के लिए असम्भव था। वह कहीं बाहर से आता तो एक बार सन्दूक अवश्य खोलता।

एक दिन पड़ोस में चोरी हो गयी। उस दिन से प्रकाश अपने कमरे में ही सोने लगा। आषाढ़ के दिन थे। उमस के मारे दम घुटता था। ऊपर एक साफ-सुथरा बरामदा था, जो बरसात में सोने के लिए ही शायद बनाया गया था। चम्पा ने कई बार ऊपर सोने के लिए कहा, पर प्रकाश न माना। अकेला घर कैसे छोड़ दे?

चम्पा ने कहा- 'चोरी ऐसों के यहां नहीं होती। चोर घर में कुछ देखकर ही जान खतरे में डालता है। यहां क्या रखा है?'

प्रकाश ने क्रुद्ध होकर कहा- 'कुछ नहीं है, बरतन- भांडे तो हैं ही। गरीब के लिए अपनी हांडी ही बहुत है।'

एक दिन चम्पा ने कमरे में झाड़ू लगायी, तो सन्दूक को खिसकाकर दूसरी तरफ रख दिया। प्रकाश ने सन्दूक का स्थान बदला हुआ पाया, तो सशंक होकर बोला- 'सन्दूक तुमने हटाया?'

यह पूछने की कोई बात न थी। झाड़ू लगाते वक्त प्राय: चीज़ें इधर-उधर खिसक ही जाती हैं। बोली- 'मैं क्यों हटाने लगी?'

'फिर किसने हटाया?'

'मैं नहीं जानती।'

'घर में तुम रहती हो, जानेगा कौन?'

'अच्छा, अगर मैंने ही हटा दिया, तो इसमें पूछने की क्या बात है?'

'कुछ नहीं, यों ही पूछता था।'

मगर जब, तक सन्दूक खोलकर सब चीज़ें देख न ले, प्रकाश को चैन कहां?

चम्पा ज्यों ही भोजन पकाने गयी, उसने सन्दूक खोला और आभूषणों को देखने लगा। आज चम्पा ने पकौड़ियां बनायी थी। पकौड़ियां गरम-गरम ही मजा देती है। प्रकाश को पकौड़ियां पसन्द भी थी। उसने थोड़ी-सी पकौड़ियां एक तशतरी में रखी और प्रकाश को देने गयी। प्रकाश ने उसको देखते ही सन्दूक धमाके से बन्द कर दिया और ताला लगाकर उसे बहलाने के इरादे से बोला- 'तशतरी में क्या लायी? अच्छा, पकौड़ियां हैं।'

आज चम्पा को सन्देह हो गया। सन्दूक में क्या है, यह देखने की उत्सुकता हुई। प्रकाश उसकी कुंजी कहीं छिपाकर रखता था। चम्पा किसी तरह वह कुंजी उड़ा लेने की चाल सोचने लगी। एक दिन एक बिसाती कुंजियों का गुच्छा बेचने आ निकला। चम्पा ने उस ताले की कुंजी ले ली और सन्दूक खोल डाला। अरे! ये तो आभूषण हैं। उसने एक-एक आभूषण को निकालकर देखा। यह गहने कहां से आये? मुझसे कभी इनकी चर्चा नहीं की। सहसा उसके मन में भाव उठा- कहीं ये ठाकुर साहब के गहने तो नहीं हैं। चीज़ें वही थीं, जिनका वह बखान करते रहते थे। उसे अब कोई सन्देह न रहा, लेकिन इतना घोर पतन! लज्जा और खेद से उसका सिर झुक गया।

उसने तुरन्त सन्दूक बन्द कर दिया और चारपाई पर लेटकर सोचने लगी। इनकी इतनी हिम्मत पड़ी कैसी? यह दुर्भावना इनके मन में आयी ही क्यों? मैंने तो कभी आभूषणों के लिये आग्रह नहीं किया। अगर आग्रह भी करती, तो क्या उसका आशय यह होता कि वह चोरी करके लायें? चोरी-आभूषण के लिए! इनका मन क्यों इतना दुर्बल हो गया?

उसके जी में आया, इन गहनों को उठा ले और ठकुराइन के चरणों में डाल आए।

लेकिन परिणाम कितना भयंकर होगा।

उस दिन से चम्पा कुछ उदास रहने लगी। प्रकाश से उसे वह प्रेम न रहा, न वह सम्मान-भाव। बात-बात पर तकरार होती। अभाव में जो परस्पर सद्भाव था, वह गायब हो गया। तब एक-दूसरे से दिल की बात कही जाती थी, भविष्य के मंसूबे बांधे जाते थे, आपस में सहानुभूति थी। अब दोनों ही दिलगीर रहते। कई-कई दिनों तक आपस में एक बात भी न होती।

कई महीने गुजर गये। शहर के एक बैंक में असिस्टेंट मैनेजर की जगह खाली हुई। प्रकाश ने अर्थशास्त्र पढ़ा था, लेकिन शर्त यह थी कि नकद दस हजार की जमानत दाखिल की जाये। इतनी बड़ी रकम कहां से आयेगी, यही सोचकर प्रकाश तड़पकर रह जाता था।

एक दिन ठाकुर साहब से इस विषय में बात चल पड़ी।

ठाकुर साहब ने कहा- 'तुम क्यों नहीं दरख्वास्त भेजते?'

प्रकाश ने सिर झुकाकर कहा- 'दस हजार की नकद जमानत मांगते हैं। मेरे पास रुपये कहां हैं!'

'अजी, तुम दरख्वास्त तो दो। अगर सारी बातें तय हो जायें, तो जमानत भी दे दी जायेगी। इसकी चिन्ता न करो।'

प्रकाश ने स्तम्भित होकर कहा- 'आप जमानत दे देंगे?'

'हां-हां, यह कौन-सी बड़ी बात है।'

प्रकाश घर चला तो बहुत रंजीदा था। उसको यह जगह अब अवश्य मिलेगी, लेकिन फिर भी वह प्रसन्न नहीं है। ठाकुर साहब की सरलता, उनका उस पर इतना अटल विश्वास, उसे आहत कर रहा है। उनकी शराफत उसके कमीनेपन को कुचले डालती है।

उसने घर आकर चम्पा को यह खुशखबरी सुनायी। चम्पा ने सुनकर मुंह फेर लिया। एक क्षण के बाद बोली- 'ठाकुर साहब से तुमने क्यों जमानत दिलवायी?' प्रकाश ने चिढ़कर कहा- 'फिर और किससे दिलवाता?'

'यही न होता कि जगह न मिलती। रोटियां तो मिल ही जाती। रुपये-पैसे की बात है। कहीं भूल-चूक हो जाय, तो तुम्हारे साथ उनके रुपये भी जायें?'

'यह तुम कैसे समझती हो कि भूल-चूक होगी? क्या मैं अनाड़ी हूं?'

चम्पा ने विरक्त मन से कहा- 'आदमी की नीयत भी तो हमेशा एक-सी नहीं रहती!'

प्रकाश ठक-से रह गया। उसने चम्पा को चुभती हुई आंखों से देखा- पर चम्पा ने मुंह फेर लिया था। वह उसके भावों के विषय में कुछ निश्चय न कर सका, लेकिन ऐसी खुशखबरी सुनकर भी चम्पा का उदासीन रहना उसे विकल करने लगा। उसके मन में प्रश्न उठा- इस वाक्य में कहीं आक्षेप तो नहीं छिपा हुआ है। चम्पा ने सन्दूक खोलकर देख तो नहीं लिया? इस प्रश्न का उत्तर पाने के लिए इस समय वह अपनी एक आंख भी भेंट कर सकता था।

भोजन करते समय प्रकाश ने चम्पा से पूछा- 'तुमने क्या सोचकर कहा था कि आदमी की नीयत तो हमेशा एक-सी नहीं रहती?' जैसे यह उसके जीवन या मृत्यु का प्रश्न हो।

चम्पा ने संकट में पड़कर कहा- 'कुछ नहीं, मैंने दुनिया की बात कही थी।' प्रकाश को संतोष न हुआ।

'क्या जितने आदमी बैंकों में नौकर हैं, उनकी नीयत बदलती रहती है?' वह बोला।

चम्पा ने गला छुड़ाना चाहा- 'तुम जबान पकड़ते हो। ठाकुर साहब के यहां इस शादी में ही तुम अपनी नीयत ठीक नहीं रख सके। सौ-दो सौ रुपये की चीज़ें घर रख ही लीं।'

प्रकाश के दिल से बोझ उतर गया। मुस्कराकर बोला- 'अच्छा, तुम्हारा संकेत उस तरफ था, लेकिन मैंने कमीशन के सिवा उनकी एक पाई भी नहीं छुई और कमीशन लेना तो कोई पाप नहीं! बड़े-बड़े हुक्काम खुले-खजान कमीशन लिया करते है।'

चम्पा ने तिरस्कार के भाव से कहा- 'जो आदमी अपने ऊपर इतना विश्वास रखे, उसकी आंख बचाकर एक पाई भी लेना मैं पाप समझती हूं। तुम्हारी सज्जनता तो मैं जब जानती कि तुम कमीशन के रुपये ले जाकर उनके हवाले कर देते। छ: महीने में उन्होंने तुम्हारे साथ क्या-क्या सलूक किये, कुछ याद है? काम तुमने खुद छोड़ा, लेकिन वह 20 रु. महीने हर माह दे जाते हैं। इलाके से कोई सौगात आती है, तो तुम्हारे यहां जरूर भेजते हैं। तुम्हारे पास घड़ी न थी, अपनी घड़ी तुम्हें दे दी। तुम्हारी महरी जब नागा करती है, खबर पाते ही अपना नौकर भेज देते हैं। मेरी बीमारी में डॉक्टर साहब की फीस उन्होंने ही दी और दिन में दो बार हालचाल भी पूछने आया करते थे। यह जमानत ही क्या छोटी बात है? अपने सम्बन्धियों तक की जमानत तो जल्दी कोई

करता ही नहीं, तुम्हारी जमानत के लिए दस हजार रुपये नकद निकालकर दे दिये। इसे तुम छोटी बात समझते हो? आज तुमसे कोई भूल-चूक हो जाये, तो उनके रुपये तो जब्त हो ही जायेंगे! जो आदमी अपने ऊपर इतनी दया रखे, उसके लिए हमें भी प्राण देने को तैयार रहना चाहिए।'

प्रकाश भोजन करके लेटा, तो उसकी आत्मा उसे धिक्कार रही थी। दुखते हुए फोड़े में कितना मवाद भरा हुआ है, यह उस वक्त मालूम होता है, जब नश्तर लगाया जाता है। मन की बात उस वक्त मालूम होती है, जब कोई उसे हमारे सामने खोलकर रख देता है। किसी सामाजिक या राजनीतिक अन्याय का व्यंग्य-चित्र देखकर क्यों हमारे मन को चोट लगती है? इसलिए कि वह चित्र हमारी पशुता को खोलकर हमारे सामने रख देता है। वह, जो मनों-सागर में बिखरा हुआ पड़ा था, जैसे केन्द्रीभूत होकर वृहदाकार हो जाता है। तब हमारे मुंह से निकल पड़ता है-उफ्फ ओह। चम्पा के इन तिरस्कार-भरे शब्दों ने प्रकाश के मन में ग्लानि उत्पन्न कर दी। वह सन्दूक कई गुना भारी होकर शिला की भांति उसे दबाने लगा। मन में फैला हुआ विकार एक बिन्दु पर एकत्र होकर टीसने लगा।

कई दिन बीत गये। प्रकाश को बैंक में जगह मिल गयी। इसी उत्सव में उसके यहां मेहमानों की दावत है। ठाकुर साहब, उनकी स्त्री, वीरू और उसकी नवेली बहू-सभी आये हुए हैं। चम्पा सेवा-सत्कार में लगी हुई है। बाहर दो-चार मित्र गा-बजा रहे हैं। भोजन करने के बाद ठाकुर साहब चलने को तैयार हुए।

प्रकाश ने कहा- 'आज आपको रहना होगा, दादा! मैं इस वक्त न जाने दूंगा।'

चम्पा को उसका यह आग्रह बुरा लगा। चारपाइयां नहीं है, बिछावन नहीं है और न काफी जगह ही है। रात-भर उन्हें

तकलीफ देने और आप तकलीफ उठाने की कोई जरूरत उसकी समझ में न आयी, लेकिन प्रकाश आग्रह करता ही रहा, यहां तक कि ठाकुर साहब राजी हो गये।

बारह बज गये थे। ठाकुर साहब ऊपर सो रहे थे। वीरू और प्रकाश बरामदे में थे। तीन स्त्रियां अन्दर कमरे में थी, प्रकाश जाग रहा था। वीरू के सिरहाने उसकी कुंजियों का गुच्छा पड़ा हुआ था। प्रकाश ने गुच्छा उठा लिया। फिर कमरा खोलकर उसमें से गहनों की सन्दूकची निकाली और ठाकुर साहब के घर की तरफ चला। कई महीने पहले वह इसी भांति कंपित हृदय के साथ ठाकुर के घर में घुसा था। उसके पांव तब भी इसी तरह थरथरा रहे थे, लेकिन तब कांटा चुभने की वेदना थी आज कांटा निकलने की। तब ज्वर का चढ़ाव था- उन्माद, ताप और विकलता से भरा हुआ; अब ज्वर का उतार था-शान्त और शीतल। तब कदम पीछे हटता था, आज आगे बढ़ रहा था।

ठाकुर साहब के घर पहुंचकर उसने धीरे से वीरू का कमरा खोला और अन्दर जाकर ठाकुर साहब की खाट के नीचे संदूकची को रख दिया, फिर तुरन्त बाहर आकर धीरे से द्वार बन्द किया और घर को लौट पड़ा। हनुमान संजीवनी बूटी वाला धवलागिर उठाये जिस गर्वीले आनन्द का अनुभव कर रहे थे, कुछ वैसा ही आनन्द प्रकाश को भी हो रहा था। गहनों को अपने घर ले जाते समय उसके प्राण सूखे हुए थे मानो किसी गहरी अथाह खाई में गिरा जा रहा हो। आज सन्दूकची को लौटाकर उसे मालूम हो रहा था, जैसे वह किसी विमान पर बैठा हुआ आकाश की ओर उड़ा जा रहा है- ऊपर, ऊपर और ऊपर!

वह घर पहुंचा, तो वीरू सोया हुआ था। कुंजी उसने सिरहाने रख दी।

ठाकुर साहब प्रातःकाल चले गये।

प्रकाश संध्या समय पढ़ाने जाया करता था। आज वह अधीर होकर तीसरे ही पहर जा पहुंचा। देखना चाहता था, वहां आज क्या गुल खिल रहे हैं।

वीरेन्द्र ने उसे देखते ही खुश होकर कहा- 'बाबूजी, कल आपके यहां की दावत बड़ी मुबारक थी। जो गहने चोरी हो गये थे, सब मिल गये।'

ठाकुर साहब भी आ गये और बोले- 'बड़ी मुबारक दावत थी तुम्हारी! पूरा-का-पूरा सन्दूक मिल गया। एक चीज भी नहीं छुई। जैसे केवल रखने ही के लिए ले गया हो।'

प्रकाश को इन बातों पर कैसे विश्वास आये, जब तक वह अपनी आंखों से सन्दूक देख न ले। कहीं ऐसा भी हो सकता है कि चोरी गया हुआ माल छः महीने के बाद मिल जाये और ज्यों-का-त्यों!

सन्दूक को देखकर उसने गंभीर भाव से कहा- 'बड़े आश्चर्य की बात है मेरी बुद्धि तो कुछ काम नहीं करती।'

ठाकुर- 'किसी की बुद्धि कुछ काम नहीं करती भई, तुम्हारी ही क्यों। वीरू की मां कहती है, यह कोई दैवीय घटना है। आज मुझे भी देवताओं में श्रद्धा हो गयी।'

प्रकाश- 'अगर आंखों-देखी बात न होती, तो मुझे तो कभी विश्वास ही न आता।'

ठाकुर- 'आज इसी खुशी में हमारे यहां दावत होगी।'

प्रकाश- 'आपने कोई अनुष्ठान तो नहीं कराया था?'

ठाकुर- 'अनुष्ठान तो बीसों ही कराये।'

प्रकाश- 'बस, तो यह अनुष्ठान ही की करामात है।'

घर लौटकर प्रकाश ने चम्पा को यह खबर सुनायी, तो वह

दौड़कर उसके गले से चिपट गई और न जाने क्यों रोने लगी, जैसे उसका बिछुड़ा हुआ पति बहुत दिनों के बाद घर आ गया हो।

प्रकाश ने कहा- 'आज उनके यहां हमारी दावत है।'

'मैं कल एक हजार कंगलों को भोजन कराऊंगी।'

'तुम तो सैकड़ों का खर्च बतला रही हो।'

'मुझे इतना आनन्द हो रहा है कि लाखों खर्च करने पर भी अरमान पूरा न होगा।'

प्रकाश की आंखों से भी आंसू निकल आये।

पंचपरमेश्वर और अन्य कहानियां

रामलीला

इधर एक मुद्दत से रामलीला देखने नहीं गया। बंदरों के भद्दे चेहरे लगाये, आधी टांगों का पाजामा और काले रंग का ऊंचा कुरता पहने आदमियों को दौड़ते, हू-हू करते देखकर अब हंसी आती है; मजा नहीं आता। काशी की लीला जगद्विख्यात है। सुना है, लोग दूर-दूर से देखने आते है। मैं भी बड़े शौक से गया, पर मुझे तो वहां की लीला और किसी वज्र देहात की लीला में कोई अंतर न दिखायी दिया। हां, रामनगर की लीला में कुछ साज-समान अच्छे हैं, राक्षसों और बन्दरों के चेहरे पीतल के हैं, गदाएं भी पीतल की है; कदाचित् वनवासी भ्राताओं के मुकुट सच्चे काम के हो; लेकिन साज-सामान के सिवा वहां भी वही हू-हू के सिवा और कुछ नहीं। फिर भी लाखों आदमियों की भीड़ लगी रहती।

लेकिन एक जमाना वह था, जब मुझे भी रामलीला में आनंद आता था। आनंद तो बहुत हल्का-सा शब्द है। वह आनंद उन्माद से कम न था। संयोगवश उन दिनों मेरे घर से बहुत थोड़ी दूर पर रामलीला का मैदान था और जिस घर में लीला-पात्रों का रूप-रंग भरा जाता था, वह तो मेरे घर से बिलकुल मिला था। दो बजे दिन से पात्रों की सजावट होने लगती थी। मैं दोपहर ही से वहां जा बैठता और जिस उत्साह से दौड़-दौड़ कर छोटे-मोटे काम करता,

उस उत्साह से तो आज अपनी पेंशन लेने भी नहीं जाता। एक कोठरी में राजकुमारों का श्रृंगार होता था। उनकी देह में रामरज पीसकर पोती जाती, मुंह पर पाउडर लगाया जाता और पाउडर के ऊपर लाल, हरे, नीले रंग की बुंदकियां लगायी जाती थी। सारा माथा, भौंहें, गाल, ठोढ़ी-बुंदकियों से रच उठती थी। एक ही आदमी इस काम में कुशल था। वही बारी-बारी से तीनों पात्रों का श्रृंगार करता था। रंग की प्यालियों में पानी लाना, रामरज पीसना, पंखा झलना मेरा काम था।

जब इन तैयारियों के बाद विमान निकलता, तो उस पर रामचन्द्र जी के पीछे बैठकर मुझे जो उल्लास, जो गर्व, जो रोमांच होता था, वह अब लाट साहब के दरबार में कुरसी पर बैठकर भी नहीं होता। एक बार जब होम-मेम्बर साहब ने व्यवस्थापक-सभा में मेरे एक प्रस्ताव का अनुमोदन किया था, उस वक्त मुझे कुछ उसी तरह का उल्लास, गर्व और रोमांच हुआ था। हां, एक बार जब मेरा ज्येष्ठ पुत्र नायब -तहसीलदारी में नामजद हुआ, तब भी ऐसी ही तरंगें मन में उठी थी; कि पर इनमें और उस बाल-विह्वलता में बड़ा अन्तर है। तब ऐसा मालूम होता था कि मैं स्वर्ग में बैठा हूं।

निषाद नौका-लीला का दिन था। मैं दो-चार लड़कों के बहकाने में आकर गुल्ली-डंडा खेलने लगा था। आज श्रृंगार देखने न गया। विमान भी निकला, पर मैंने खेलना न छोड़ा। मुझे अपना दांव लेना था। अपना दांव छोड़ने के लिए उससे कहीं बढ़कर आत्म-त्याग की जरूरत थी, जितना मैं कर सकता था, अगर दांव देना होता तो मैं कब का भाग खड़ा होता, लेकिन पदाने में कुछ और ही बात होती है। खैर, दांव पूरा हुआ। अगर मैं चाहता, तो धांधली करके दस-पांच मिनट और पदा सकता था, इसकी काफी गुंजाइश थी, लेकिन अब इसका मौका न था। मैं सीधे

नाले की तरफ दौड़ा। विमान जल तट पर पहुंच चुका था। मैंने दूर से देखा-मल्लाह किश्ती लिये आ रहा है। दौड़ा, लेकिन आदमियों की भीड़ में दौड़ना कठिन था। आखिर जब मैं भीड़ हटाता, प्राण-पण से आगे बढ़ता घाट पर पहुंचा, तो निषाद अपनी नौका खोल चुका था।

रामचन्द्र पर मेरी कितनी श्रद्धा थी! अपने पाठ की चिंता न करके उन्हें पढ़ा दिया करता था, जिससे वह फेल न हो जाएं। मुझसे उम्र ज्यादा होने पर भी वह नीची कक्षा में पढ़ते थे, लेकिन वही रामचन्द्र नौका पर बैठे इस तरह मुंह फेरे चले जाते थे, मानो मुझसे जान-पहचान ही नहीं। नकल में भी असल की कुछ न कुछ बू आ ही जाती है। भक्तों पर जिनकी निगाह सदा ही तीखी रही है, वह मुझे क्यों उबारते? मैं विकल होकर उस बछड़े की भांति कूदने लगा, जिसकी गर्दन पर पहली बार जुआ रखा गया हो। कभी लपककर नाले की ओर जाता, कभी किसी सहायक की खोज में पीछे की तरफ दौड़ता, पर सब-के-सब अपनी धुन में मस्त थे; मेरी चीख-पुकार किसी के कानों तक न पहुंची। तब से बड़ी-बड़ी विपत्तियां झेलीं, पर उस समय जितना दुःख हुआ, उतना फिर कभी न हुआ।

मैंने निश्चय किया था कि अब रामचन्द्र से न कभी बोलूंगा, न कभी खाने की कोई चीज ही दूंगा; लेकिन ज्यों ही नाले को पार करके वह पुल की ओर लौटे; मैं दौड़कर विमान पर चढ़ गया और ऐसा खुश हुआ, मानो कोई बात ही न हुई थी।

रामलीला समाप्त हो गयी थी। राजगद्दी होने वाली थी, पर न जाने क्यों देर हो रही थी। शायद चंदा कम वसूल हुआ था। रामचन्द्र की इन दिनों कोई बात भी न पूछता था। न घर ही जाने की छुट्टी मिलती थी, न भोजन का ही प्रबन्ध होता था। चौधरी

साहब के यहां से एक सीधा कोई तीन बजे दिन को मिलता था। बाकी सारे दिन कोई पानी को नहीं पूछता, लेकिन मेरी श्रद्धा अभी तक ज्यों-की-त्यों थी। मेरी दृष्टि में वह अब भी रामचन्द्र ही थे। घर पर मुझे खाने की कई चीज मिलती, वह लेकर रामचन्द्र को दे आता। उन्हें खिलाने में मुझे जितना आनंद मिलता था, उतना आप खा जाने में कभी न मिलता। कोई मिठाई या फल पाते ही मैं बेतहाशा चौपाल की ओर दौड़ता। अगर रामचन्द्र वहां न मिलते तो उन्हें चारों ओर तलाश करता और जब तक वह चीज उन्हें न खिला लेता, मुझे चैन न आता था।

खैर, राजगद्दी का दिन आया। रामलीला के मैदान में एक बड़ा-सा शामियाना ताना गया। उसकी खूब सजावट की गयी। वेश्याओं के दल भी आ पहुंचे। शाम को रामचन्द्र की सवारी निकली और प्रत्येक द्वार पर उनकी आरती उतारी गयी। श्रद्धानुसार किसी ने रुपये दिये, किसी ने पैसे। मेरे पिता पुलिस के आदमी थे, इसलिए उन्होंने बिना कुछ दिये ही आरती उतारी। उस वक्त मुझे जितनी लज्जा आयी, उसे बयान नहीं कर सकता। मेरे पास उस वक्त संयोग से एक रुपया था। मेरे मामाजी दशहरे के पहले आये थे और मुझे एक रुपया दे गये थे। उस रुपये को मैंने रख छोड़ा था। दशहरे के दिन भी उसे खर्च न कर सका। मैंने तुरंत वह रुपया लाकर आरती की थाली में डाल दिया। पिता जी मेरी ओर कुपित नेत्रों से देखकर रह गये। उन्होंने कुछ कहा तो नहीं; लेकिन मुंह ऐसा बना लिया, जिससे प्रकट होता था कि मेरी इस धृष्टता से उनके रौब में बट्टा लग गया। रात के दस बजते-बजते यह परिक्रमा पूरी हुई। आरती की थाली रुपयों और पैसों से भरी हुई थी। ठीक तो नहीं कह सकता; मगर अब ऐसा अनुमान होता है कि चार-पांच सौ रुपयों से कम न थे। चौधरी साहब इनसे कुछ

ज्यादा ही खर्च कर चुके थे। उन्हें इसकी बड़ी फिक्र हुई कि किसी तरह कम-से-कम दो सौ रुपये और वसूल हो जायें और इसकी सबसे अच्छी तरकीब उन्हें यही मालूम हुई कि वेश्याओं की महफिल में वसूली हो। जब लोग आकर बैठ जायें और महफिल का रंग जम जाये, तो आबादीजान रसिकजनों की कलाइयां पकड़-पकड़ कर ऐसे हाव-भाव दिखायें कि लोग शरमाते-शरमाते भी कुछ-न-कुछ दे ही मरें। आबादीजान और चौधरी साहब में सलाह होने लगी। मैं संयोग से उन दोनों प्राणियों की बातें सुन रहा था। चौधरी साहब ने समझा होगा यह लौंडा क्या मतलब समझेगा। पर यहां ईश्वर की दया से अक्ल के पुतले थे। सारी दास्तान समझ में आती जाती थी।

चौधरी-'सुनो आबादीजान, यह तुम्हारी ज्यादती है। हमारा और तुम्हारा कोई पहला साबिका तो है नहीं। ईश्वर ने चाहा, तो यहां हमेशा तुम्हारा आना-जाना लगा रहेगा। अब की चन्दा बहुत कम आया, नहीं तो मैं तुमसे इतना इसरार न करता।'

आबादी- 'आप मुझसे भी जमींदारी चालें चलते हैं, क्यों? मगर यहां हुजूर की दाल न गलेगी। वाह! रुपये तो मैं वसूल करूं और मूंछों पर ताव आप दें। कमाई का अच्छा ढंग निकाला है। इस कमाई से तो वाकई आप थोड़े दिनों में राजा हो जायेंगे। उसके सामने जमींदारी झक मारेगी! बस, कल ही से एक चकला खोल दीजिए। खुदा की कसम, माला-माल हो जाइएगा।'

चौधरी- 'तुम दिल्लगी करती हो और यहां काफिया तंग हो रहा है।'

आबादी- 'तो आप भी तो मुझी से उस्तादी करते हैं। यहां आप -जैसे कांइयों को रोज उंगलियों पर नचाती हूं।'

चौधरी- 'आखिर तुम्हारी मंशा क्या है?'

आबादी- 'जो कुछ वसूल करूं, उसमें आधा मेरा, आधा आपका। लाइए, हाथ मारिए।'

चौधरी-'यही सही।'

आबादी- 'तो पहले मेरे सौ रुपये गिन दीजिये। पीछे से आप अलसेट करने लगेंगे।'

चौधरी- 'वह भी लोगी और यह भी।'

आबादी- 'अच्छा! तो क्या आप समझते थे कि अपनी उजरत छोड़ दूंगी? वाह री आपकी समझ! खूब, क्यों न हो! दीवाना बकारे दरवेश हुशियार!

चौधरी- 'तो क्या तुमने दोहरी फीस लेने की ठानी है?'

आबादी- 'अगर आपको सौ दफे गरज हो, तो। वरना मेरे सौ रुपये तो कहीं गये ही नहीं। मुझे क्या कुत्ते ने काटा है, जो लोगों की जेब में हाथ डालती फिरूं?'

चौधरी की एक न चली, आबादीजान के सामने दबना पड़ा। नाच शुरू हुआ। आबादीजान बला की शोख़ औरत थी। एक तो कमसिन, उस पर हसीन और उसकी अदाएं तो इस गज़ब की थीं कि मेरी तबीयत भी मस्त हुई जाती थी। आदमियों को पहचानने का गुण भी उसमें कुछ कम न था। जिसके सामने बैठ गयी, उससे कुछ-न-कुछ ले ही लिया। पांच रुपये से कम तो शायद ही किसी ने दिये हों। पिताजी के सामने भी वह बैठी। मैं मारे शर्म के गड़ गया। जब उसने उनकी कलाई पकड़ी, तब तो मैं सहम उठा। मुझे यकीन था कि पिताजी उसका हाथ झटक देंगे और शायद दुत्कार भी दें, किन्तु यह क्या हो रहा है! ईश्वर! मेरी आंखें धोखा तो नहीं खा रही है! पिता जी मूंछों में हंस रहे हैं। ऐसी मृदु हंसी उनके चेहरे पर मैंने कभी नहीं देखी थी। उनकी आंखों से अनुराग टपका पड़ा था। उनका एक-एक रोम पुलकित हो रहा

 पंचपरमेश्वर और अन्य कहानियां

था, मगर ईश्वर ने मेरी लाज रख ली। वह देखो, उन्होंने धीरे से आबादी के कोमल हाथों से अपनी कलाई छुड़ा ली। अरे! यह फिर क्या हुआ? आबादी तो उनके गले में बांहें डाले देती है, अब पिता जी उसे जरूर पीटेंगे। चुड़ैल को जरा भी शर्म नहीं।

एक महाशय ने मुस्कराकर कहा- 'यहां तुम्हारी दाल न गलेगी, आबादीजान! कोई और दरवाजा देखो।'

बात तो इन महाशय ने मेरे मन की कही और बहुत ही उचित कही, लेकिन न जाने क्यों पिताजी ने उसकी ओर कुपित-नेत्रों से देखा और मूंछों पर ताव दिया। मुंह से तो वह कुछ न बोले; पर उनके मुख की आकृति चिल्लाकर सरोष शब्दों में कह रही थी- 'तू बनिया, मुझे समझता क्या है? यहां ऐसे अवसर पर जान तक निसार करने को तैयार है। रुपये की हकीकत ही क्या! तेरा जी चाहे, आजमा ले। तुझसे दूनी रकम न दे डालूं, तो मुंह न दिखाऊं। महान् आश्चर्य! घोर अनर्थ! अरे, जमीन तुम फट क्यों नहीं जाती? आकाश, तू फट क्यों नहीं पड़ता? अरे, मुझे मौत क्यों नहीं आ जाती! पिताजी जेब में हाथ डाल रहे हैं कोई चीज निकाली, और सेठ जी को दिखाकर आबादीजान को दे डाली। आह! यह तो अशर्फी हैं! चारों ओर तालियां बजने लगी। सेठजी उल्लू बन गये। पिताजी ने मुंह की खायी, इसका निश्चय मैं नहीं कर सकता। मैंने केवल इतना देखा कि पिताजी ने एक अशर्फी निकालकर आबादीजान को दी। उनकी आंखों में इस समय इतना गर्वयुक्त उल्लास था मानों उन्होंने हातिम की कब्र पर लात मारी हो। यही पिताजी हैं, जिन्होंने मुझे आरती में एक रुपया डालते देखकर मेरी ओर इस तरह से देखा था, मानों मुझे फाड़ ही खायेंगे। मेरे उस परमोचित व्यवहार से उनके रौब में फर्क आता था और इस समय इस

घृणित, कुत्सित और निंदित व्यापार पर गर्व और आनन्द से फूले न समाते थे।

आबादीजान ने एक मनोहर मुस्कान के साथ पिताजी को सलाम किया और आगे बढ़ी, मगर मुझसे वहां न बैठा गया। मारे शर्म के मेरा मस्तक झुका जाता था; अगर मेरी आंखों देखी बात न होती, तो मुझे इस पर कभी एतबार न होता। मैं बाहर जो कुछ देखता-सुनता था, उसकी रिपोर्ट अम्मां से जरूर करता था। पर इस मामले को मैंने उनसे छिपा रखा। मैं जानता था, उन्हें यह बात सुनकर बड़ा दु:ख होगा।

रात भर गाना होता रहा। तबले की धमक मेरे कानों में आ रही थी। जी चाहता था, चलकर देखूं; पर साहस नहीं होता। मैं किसी को मुंह कैसे दिखाऊंगा? कहीं किसी ने पिताजी का जिक्र छेड़ दिया, तो मैं क्या करूंगा?

प्रात:काल रामचन्द्र की विदाई होने वाली थी। मैं चारपाई से उठते ही आंखें मलता हुआ चौपाल की ओर भागा। डर रहा था कि कहीं रामचन्द्र चले न गये हो। पहुंचा, तो देखा-तवायफों की सवारियां जाने को तैयार है। बीसों आदमी हसरतनाक मुंह बनाये उन्हें घेरे खड़े हैं। मैंने उनकी ओर आंख तक न उठायी। सीधा रामचन्द्र के पास पहुंचा। लक्ष्मण और सीता बैठे रो रहे थे और रामचन्द्र खड़े कांधे पर लुटिया-डोर डाले उन्हें समझा रहे थे। मेरे सिवा वहां और कोई न था। मैंने कुंठित स्वर में रामचन्द्र से पूछा- 'क्या तुम्हारी विदाई हो गयी?'

रामचन्द्र-'हां, हो तो गयी। हमारी विदाई ही क्या? चौधरी साहब ने कह दिया-जाओ। चले जाते हैं।'

'क्या रुपया और कपड़े नहीं मिले?'

'अभी नहीं मिले। चौधरी साहब कहते हैं- इस वक्त बचत में

रुपये नहीं है। फिर आकर ले जाना।'

'कुछ नहीं मिला?'

'एक पैसा भी नहीं। कहते हैं, कुछ बचत नहीं हुई। मैंने सोचा था, कुछ रुपये मिल जायेंगे तो पढ़ने की किताबें ले लूंगा। सो कुछ न मिला। राह खर्च भी नहीं दिया। कहते हैं- कौन दूर है, पैदल चले जाओ।'

मुझे ऐसा क्रोध आया कि चलकर चौधरी को खूब आड़े हाथों लूं। वेश्याओं के लिए रुपये, सवारियां, सब कुछ; पर बेचारे रामचन्द्र और उनके साथियों के लिए कुछ भी नहीं! जिन लोगों ने रात को आबादीजान पर दस-दस, बीस-बीस रुपये न्योछावर किये थे, उनके पास क्या इनके लिए दो-दो, चार-चार आने पैसे भी नहीं? पिताजी ने भी तो आबादीजान को एक अशर्फी दी थी। देखूं इनके नाम पर क्या देते हैं? मैं दौड़ा हुआ पिताजी के पास गया। वह कहीं तफ्तीश पर जाने को तैयार खड़े थे। मुझे देखकर बोले- 'कहां घूम रहे हो? पढ़ने के वक्त तुम्हें घूमने की सूझती है?'

मैंने कहा- 'गया था चौपाल। रामचन्द्र विदा हो रहे थे। उन्हें चौधरी साहब ने कुछ नहीं दिया।'

'तो तुम्हें इसकी क्या फिक्र पड़ी है?'

'वह जाएंगे कैसे? पास राह-खर्च भी तो नहीं है!'

'क्या कुछ खर्च भी नहीं दिया? यह चौधरी साहब की बेइंसाफी है।'

'आप अगर दो रुपया दे दें, तो मैं उन्हें दे आऊं। इतने में शायद वह घर पहुंच जायें।'

पिताजी ने तीव्र दृष्टि से देखकर कहा- 'जाओ, अपनी किताब देखो, मेरे पास रुपये नहीं है।

यह कहकर वह घोड़े पर सवार हो गये। उसी दिन से पिताजी पर से मेरी श्रद्धा उठ गयी। मैंने फिर कभी उनकी डांट-डपट की परवाह नहीं की। मेरा दिल कहता-आपको मुझको उपदेश देने का कोई अधिकार नहीं है। मुझे उनकी सूरत से चिढ़ हो गयी। वह जो कहते, मैं ठीक उसका उल्टा करता। यद्यपि इसमें मेरी हानि हुई, लेकिन मेरा अंत:करण उस समय विप्लवकारी विचारों से भरा हुआ था।

मेरे पास दो आने पैसे पड़े हुए थे, मैंने पैसे उठा लिये और जाकर शरमाते-शरमाते रामचन्द्र को दे दिये। उन पैसों को देखकर रामचन्द्र को जितना हर्ष हुआ, वह मेरे लिये आशातीत था। टूट पड़े, मानो प्यासे को पानी मिल गया।

यही दो आने पैसे लेकर तीनों मूर्तियां विदा हुईं। केवल मैं ही उनके साथ कस्बे के बाहर तक पहुंचाने आया।

उन्हें विदा करके लौटा, तो मेरी आंखें सजल थी; पर हृदय आनंद से उमड़ा हुआ था।

पंचपरमेश्वर और अन्य कहानियां

दो भाई

प्रात:काल सूर्य की सुहावनी सुनहरी धूप में कलावती दोनों बेटों को जांघों पर बैठा दूध और रोटी खिलाती। केदार बड़ा था, माधव छोटा। दोनों मुंह में कौर लिये, कई पग उछल-कूद कर फिर जांघों पर आ बैठते और अपनी तोतली बोली में इस प्रार्थना की रट लगाते थे, जिसमें एक पुराने सहृदय कवि ने किसी जाड़े के सताये हुए बालक के हृदयोद्गार को प्रकट किया है -

'दैव-दैव घाम करो तुम्हारे बालक को लगता जाड़'

मां उन्हें चूमकर कर बुलाती और बड़े-बड़े कौर खिलाती। उसके हृदय में प्रेम की उमंग थी और नेत्रों में गर्व की झलक। दोनों भाई बड़े हुए। साथ-साथ गले में बांहें डाले खेलते थे। केदार की बुद्धि चुस्त थी, माधव का शरीर। दोनों में इतना स्नेह था कि साथ-साथ पाठशाला जाते, साथ-साथ खाते और साथ-ही-साथ रहते थे। दोनों भाईयों का ब्याह हुआ। केदार की वधू चम्पा, अमित-भाषिणी और चंचला थी। माधव की वधू श्यामा सांवली-सलोनी, रूपराशि की खान थी। बड़ी ही मृदुभाषिणी, बड़ी ही सुशीला और शांत स्वभाव थी।

केदार चम्पा पर मोहे और माधव श्यामा पर रीझे। परन्तु कलावती का मन किसी से न मिला। वह दोनों से प्रसन्न और दोनों से अप्रसन्न थी। उसकी शिक्षा-दीक्षा का बहुत अंश इस

व्यर्थ के प्रयत्न में व्यय होता था कि चम्पा अपनी कार्यकुशलता का एक भाग श्यामा के शांत स्वभाव से बदल ले।

दोनों भाई संतानवान हुए। हरा-भरा वृक्ष खूब फैला और फलों से लद गया। कुत्सित वृक्ष में केवल एक फल दृष्टिगोचर हुआ, वह भी कुछ पीला-सा मुरझाया हुआ; किन्तु दोनों अप्रसन्न थे। माधव को धन-सम्पत्ति की लालसा थी और केदार को संतान की अभिलाषा।

भाग्य की इस कूटनीति ने शनैः-शनैः द्वेष का रूप धारण किया, जो स्वाभाविक था। श्यामा अपने लड़कों को संवारने-सुधारने में लगी रहती; उसे सिर उठाने की फुरसत नहीं मिलती थी। बेचारी चम्पा को चूल्हे में जलना और चक्की में पिसना पड़ता। यह अनीति कभी-कभी कटु शब्दों में निकल जाती। श्यामा सुनती, कुढ़ती और चुपचाप सह लेती। परन्तु उसकी यह सहनशीलता चम्पा के क्रोध को शांत करने के बदले और बढ़ाती। यहां तक कि प्याला लबालब भर गया। हिरन भागने की राह न पाकर शिकारी की तरफ लपका। चम्पा और श्यामा समकोण बनाने वाली रेखाओं की भांति अलग हो गयीं। उस दिन ही घर में दो चूल्हे जले, परन्तु भाइयों ने दाने की सूरत न देखी और कलावती सारे दिन रोती रही।

* * *

कई वर्ष बीत गये। दोनों भाई, जो किसी समय एक ही पालथी पर बैठते थे, एक ही थाली में खाते थे और एक ही छाती से दूध पीते थे, उन्हें अब एक घर में, एक गांव में रहना कठिन हो गया। परन्तु कुल की साख में बट्टा न लगे, इसलिए ईर्ष्या और द्वेष की धधकी हुई आग को राख के नीचे दबाने की व्यर्थ चेष्टा की जाती थी। उन लोगों में अब

 पंचपरमेश्वर और अन्य कहानियां

भ्रातृ-स्नेह न था। केवल भाई के नाम की लाज थी। मां भी जीवित थी, पर दोनों बेटों का वैमनस्य देखकर आंसू बहाया करती। हृदय में प्रेम था, पर नेत्रों में अभिमान न था। कुसुम वही था, परन्तु वह छटा न थी।

दोनों भाई जब लड़के थे, तब एक को रोते देख दूसरा भी रोने लगता था, तब वह नादान, बेसमझ और भोले थे। आज एक को रोते हुए देख दूसरा हंसता और तालियां बजाता। अब वह समझदार और बुद्धिमान हो गये थे।

जब उन्हें अपने-पराये की पहचान न थी, उस समय यदि कोई छेड़ने के लिए एक को अपने साथ ले जाने की धमकी देता, तो दूसरा जमीन पर लोट जाता और उस आदमी का कुर्ता पकड़ लेता। अब यदि एक भाई को मृत्यु भी धमकाती तो दूसरे के नेत्रों में आंसू न आते। अब उन्हें अपने-पराये की पहचान हो गयी थी।

बेचारे माधव की दशा शोचनीय थी। खर्च अधिक था और आमदनी कम। उस पर कुल-मर्यादा का निर्वाह। हृदय चाहे रोये, पर होंठ हंसते रहें। हृदय चाहे मलिन हो, पर कपड़े मैले न हों! चार पुत्र थे, चार पुत्रियां और आवश्यक वस्तुएं मोतियों के मोल। कुछ पाइयों की जमींदारी कहां तक सम्हालती। लड़कों का ब्याह अपने वश की बात थी, पर लड़कियों का विवाह कैसे टल सकता! दो पाई जमीन पहली कन्या के विवाह में भेंट हो गयी। उस पर भी बराती बिना भात खाये आंगन से उठ गये। शेष दूसरी कन्या के विवाह में निकल गयी। साल भर बाद तीसरी लड़की का विवाह हुआ, पेड़-पत्ते भी न बचे। हां, अबकी डाल भरपूर थी। परन्तु दरिद्रता और धरोहर में वही सम्बन्ध है, जो मांस और कुत्ते में।

* * *

इस कन्या का अभी गौना न हुआ था कि माधव पर दो साल के बकाया लगान का वारंट आ पहुंचा। कन्या के गहने गिरों (बंधक) रखे गये। गला छूटा। चम्पा इसी समय की ताक में थी। तुरंत नये नातेदारों को सूचना दी– तुम लोग बेसुध बैठे हो, यहां गहनों का सफाया हुआ जाता है। दूसरे दिन एक नाई और दो ब्राह्मण माधव के दरवाजे पर आकर बैठे गये। बेचारे के गले में फांसी पड़ गयी। रुपये कहां से आयेंगे, न जमीन, न जायदाद, न बाग, न बगीचा। रहा विश्वास, वह कभी का उठ चुका था; अब यदि कोई सम्पत्ति थी, तो केवल वही दो कोठरियां, जिसमें उसने अपनी सारी आयु बितायी थी और उसका कोई ग्राहक न था। विलम्ब से नाक कटी जाती थी। विवश होकर केदार के पास आया और आंखों में आंसू भरे बोला– 'भैया, इस समय मैं बड़े संकट में हूं, मेरी सहायता करो।'

केदार ने उत्तर दिया – 'मद्धू! आजकल मैं भी तंग हो रहा हूं, तुमसे सच कहता हूं।'

चम्पा अधिकारपूर्ण स्वर से बोली – 'अरे, तो क्या इनके लिए भी तंग हो रहे हैं! अलग भोजन करने से क्या इज्जत अलग हो जायेगी!'

केदार ने स्त्री की ओर कनखियों से ताककर कहा– 'नहीं-नहीं मेरा यह प्रयोजन नहीं था। हाथ तंग है तो क्या, कोई न कोई प्रबन्ध किया ही जायेगा।'

चम्पा ने माधव से पूछा – 'पांच-बीस से कुछ ऊपर ही पर गहने रखे थे न।'

माधव ने उत्तर दिया – 'हां, ब्याज सहित कोई सवा सौ रुपये होते हैं!'

केदार रामायण पढ़ रहे थे। फिर पढ़ने में लग गये। चम्पा ने तत्त्व की बातचीत शुरू की - 'रुपया बहुत है, हमारे पास होता तो कोई बात न थी। परन्तु हमें भी दूसरे से दिलाना पड़ेगा और महाजन बिना कुछ लिखा-पढ़ी के रुपया देते नहीं।'

माधव ने सोचा, यदि मेरे पास कुछ लिखने-पढ़ने को होता, तो क्या और महाजन मर गये थे, तुम्हारे दरवाजे आता ही क्यों? बोला - 'लिखने-पढ़ने को मेरे पास है ही क्या? जो कुछ जगह-जायदाद है, वह यही घर है।'

केदार और चम्पा ने एक दूसरे को मर्मभेदी नयनों से देखा और मन-ही-मन कहा - क्या आज सचमुच जीवन की प्यारी अभिलाषाएं पूरी होंगी। परन्तु हृदय की यह उमंग मुंह तक आते-आते गंभीर रूप धारण कर गयी। चम्पा बड़ी गंभीरता से बोली- 'घर पर तो कोई महाजन कदाचित् ही रुपया दे। शहर हो तो कुछ किराया ही आये, पर गंवई में तो कोई सेंत में रहने वाला भी नहीं। फिर साझे की चीज ठहरी।'

केदार डरा कि कहीं चम्पा की कठोरता से खेल बिगड़ न जाये। बोले-'एक महाजन से मेरी जान-पहचान है, वह कदाचित् कहने-सुनने में आ जाये!'

चम्पा ने गर्दन हिलाकर इस युक्ति की सराहना की और बोली - 'पर दो - तीन बीस से अधिक मिलना कठिन है।'

अबकी चम्पा ने तीव्र दृष्टि से केदार को देखा और अनमनी-सी होकर बोली - 'महाजन ऐसे अंधे नहीं होते।'

माधव अपने भाई-भावज के इस गुप्त रहस्य को कुछ-कुछ समझता था। वह चकित था कि इन्हें इतनी बुद्धि कहां से मिल गयी। बोला - 'और रुपये कहां से आयेंगे?'

चम्पा चिढ़कर बोली - 'और रुपयों के लिए और फिक्र

करो! सवा सौ रुपये इन दो कोठरियों के इस जन्म में कोई न देगा, चार बीस चाहो तो एक महाजन से दिला दूं, लिखा-पढ़ी कर लो।'

माधव इन रहस्यमयी बातों से सशंक हो गया। उसे भय हुआ कि यह लोग मेरे साथ कोई गहरी चाल चल रहे हैं। दृढ़ता के साथ अड़कर बोला – 'और कौन-सी फिक्र करूं? गहने होते तो कहता, लाओ रख दूं। यहां तो कच्चा सूत भी नहीं है। जब बदनाम हुए तो क्या दस के लिए, क्या पचास के लिए, दोनों एक ही बात है। यदि घर बेचकर मेरा नाम रह जाये, तो यहां तक तो स्वीकार है; परन्तु घर भी बेचूं और उस पर भी प्रतिष्ठा धूल में मिले, ऐसा मैं न करूंगा। केवल नाम का ध्यान है, नहीं एक बार नहीं कर जाऊं तो मेरा कोई क्या करेगा? और सच पूछो तो मुझे अपने नाम की कोई चिंता नहीं है। मुझे कौन जानता है? संसार तो भैया को हंसेगा।'

केदार का मुंह सूख गया। चम्पा भी चकरा गयी। वह बड़ी चतुर वाक्यनिपुण रमणी थी। उसे माधव जैसे गंवार से ऐसी दृढ़ता की आशा न थी। उसकी ओर आदर से देखकर बोली – 'लालू, कभी-कभी तुम भी लड़कों की-सी बातें करते हो! भला इस झोंपड़ी पर कौन सौ रुपये निकालकर देगा? तुम सवा सौ के बदले सौ ही दिलाओ, मैं आज ही अपना हिस्सा बेचती हूं। उतना ही मेरा भी तो है। घर पर तो तुमको वही चार बीस मिलेंगे। हां, और रुपयों का प्रबंध हम-आप कर देंगे। इज्ज़त हमारी-तुम्हारी एक ही है, वह न जाने पायेगी। वह रुपया अलग खाते में चढ़ा लिया जायेगा।'

माधव की इच्छाएं पूरी हुईं। उसने मैदान मार लिया। सोचने लगा, मुझे तो रुपयों से काम है, चाहे एक नहीं, दस

खाते में चढ़ा लो। रहा मकान वह जीते जी नहीं छोड़ने का। प्रसन्न होकर चला। उसके जाने के बाद केदार और चम्पा ने कपट-भेष त्याग दिया और बड़ी देर तक एक-दूसरे को इस कड़े सौदे का दोषी सिद्ध करने की चेष्टा करते रहे। अंत में मन को इस तरह संतोष दिया कि भोजन बहुत मधुर नहीं, किन्तु भर-कठौत तो है। घर, हां, देखेंगे कि श्यामा रानी इस घर में कैसे राज करती हैं।

केदार के दरवाजे पर दो बैल खड़े हैं। इनमें कितनी संघ-शक्ति, कितनी मित्रता और कितना प्रेम है। दोनों एक ही जुए में चलते हैं; बस इनमें इतना ही नाता है। किन्तु अभी कुछ दिन हुए, जब इनमें से एक चम्पा के मैके मंगनी गया था, तो दूसरे ने तीन दिन तक नाद में मुंह नहीं डाला। परन्तु शोक, एक गोद के खेले भाई, एक छाती से दूध पीने वाले आज इतने बेगाने हो रहे हैं कि एक घर में रहना भी नहीं चाहते।

* * *

प्रातःकाल था। केदार के द्वार पर गांव के मुखिया और नंबरदार विराजमान थे। मुंशी दातादयाल अभिमान से चारपाई पर बैठे रहन का मसविदा तैयार करने में लगे थे। बार-बार कलम बनाते और बार-बार खत रखते, पर खत की शान न सुधरती थी। केदार का मुखारविंद विकसित था और चम्पा फूली नहीं समाती थी। माधव कुम्हलाया और म्लान था।

मुखिया ने कहा- 'भाई ऐसा हित, न भाई ऐसा शत्रु। केदार ने छोटे भाई की लाज रख ली।'

नम्बरदार ने अनुमोदन किया - 'भाई हो तो ऐसा हो।'

मुख्तार ने कहा - 'भाई, सपूतों का यही काम है।'

दातादयाल ने पूछा - 'रहन लिखने वाले का नाम?'

बड़े भाई बोले- 'माधव वल्द शिवदत्त।'

'और लिखाने वाले का?'

'केदार वल्द शिवदत्त!'

माधव ने बड़े भाई की ओर चकित होकर देखा। आंखें डबडबा आयीं। केदार उसकी ओर देख न सका। नंबरदार, मुखिया और मुख्तार भी विस्मित हुए। क्या केदार खुद ही रुपया दे रहा है? बातचीत तो किसी साहूकार की थी। जब घर ही में रुपया मौजूद है, तो इस रेहननामे की आवश्यकता ही क्या थी? भाई-भाई में इतना अविश्वास। अरे, राम-राम क्या माधव 80 रु. का भी महंगा है! और यदि दबा ही बैठता, तो क्या रुपये पानी में चले जाते।

सभी की आंखें सैन द्वारा परस्पर बातें करने लगीं, मानो आश्चर्य की अथाह नदी में नौकाएं डगमगाने लगीं।

श्यामा दरवाजे की चौखट पर खड़ी थी। वह सदा केदार की प्रतिष्ठा करती थी, परन्तु आज केवल लोकरीति ने उसे अपने जेठ को आड़े हाथों लेने से रोका।

बूढ़ी अम्मां ने सुना तो सूखी नदी उमड़ आयी। उसने एक बार आकाश की ओर देखा और माथा ठोंक लिया।

अब उसे उस दिन का स्मरण हुआ जब ऐसा ही सुहावना सुनहरा प्रभात था और दो प्यारे-प्यारे बच्चे उसकी गोद में बैठे हुए उछल-कूद कर दूध-रोटी खाते थे। उस समय माता के नेत्रों में कितना अभिमान था, हृदय में कितनी उमंग और कितना उत्साह!

परन्तु आज, आह! आज नयनों में लज्जा और हृदय में शोक-संताप। उसने पृथ्वी की ओर देखकर कातर स्वर में कहा –
'हे नारायण! क्या ऐसे पुत्रों को मेरी ही कोख में जन्म लेना था?'

          पंचपरमेश्वर और अन्य कहानियां

अनिष्ट शंका

चांदनी रात, समीर के सुखद झोंके, सुरम्य उद्यान। कुंवर अमरनाथ अपनी विस्तीर्ण छत पर लेटे हुए मनोरमा से कह रहे थे तुम घबराओं नहीं, मैं जल्द आऊंगा।

मनोरमा ने उसकी ओर कातर नेत्रों से देखकर कहा– 'मुझे भी क्यों नहीं लेते चलते?'

अमरनाथ– 'तुम्हें वहां कष्ट होगा, मैं कभी यहां रहूंगा, कभी वहां, सारे दिन मारा-मारा फिरूंगा, पहाड़ी देश है, जंगल और बीहड़ के सिवाय बस्ती का कोसों पता नहीं, उस पर भयंकर पशुओं का भय। तुमसे यह तकलीफें न सही जायेंगी।'

मनोरमा– 'तुम भी तो इन तकलीफों के आदी नहीं हो।'

अमरनाथ– 'मैं पुरुष हूं, आवश्यकता पड़ने पर सभी तकलीफों का सामना कर सकता हूं।'

मनोरमा (गर्व से)– 'मैं भी स्त्री हूं, आवश्यकता पड़ने पर आग में कूद सकती हूं। स्त्रियों की कोमलता पुरुषों की काव्य-कल्पना है। उनमें शारीरिक सामर्थ्य चाहे न हो पर उनमें वह धैर्य और साहस है जिस पर काल की दुश्चिंताओं का जरा भी असर नहीं होता।'

अमरनाथ ने मनोरमा को श्रद्धामय दृष्टि से देखा और बोले– 'यह मैं मानता हूं, लेकिन जिस कल्पना को हम चिरकाल से प्रत्यक्ष समझते आये हैं वह एक क्षण में नहीं मिट सकती। तुम्हारी

तकलीफ मुझसे न देखी जायेगी, मुझे दु:ख होगा! देखो इस समय चांदनी में कितनी बहार है।

मनोरमा- 'मुझे बहलाओ मत। मैं हठ नहीं करती, लेकिन यहां मेरा जीवन अपार हो जायेगा। मेरे हृदय की दशा विचित्र है। तुम्हें अपने सामने न देख कर मेरे मन में तरह-तरह की शंकाए होती है कि कहीं चोट न लग गयी हो, शिकार खेलने जाते हो तो डरती हूं, कहीं घोड़े ने शरारत न की हो। मुझे अनिष्ट का भय सदैव सताया करता है।'

अमरनाथ- 'लेकिन मैं तो विलास का भक्त हूं। मुझ पर इतना अनुराग करके तुम अपने ऊपर अन्याय करती हो।'

मनोरमा ने अमरनाथ को दबी हुई दृष्टि से देखा जो कह रही थी कि मैं तुमको तुमसे ज्यादा पहचानती हूं।

बुंदेलखंड में भीषण दुर्भिक्ष था। लोग वृक्षों की छालें छील-छालकर खाते थे। क्षुधा-पीड़ा ने भक्ष्याभक्ष्य की पहचान मिटा दी थी। पशुओं का तो कहना ही क्या, मानव संतानें कौड़ियों के मोल बिकती थीं। पादरियों की चढ़ बनी थी, उनके अनाथालयों में नित्य गोल-के-गोल बच्चे भेड़ों की भांति हांके जाते थे। मां की ममता मुट्ठी भर अनाज पर कुर्बान हो जाती। कुंवर अमरनाथ काशी-सेवा समिति के व्यवस्थापक थे। समाचार-पत्रों में यह रोमांचकारी समाचार देखे तो तड़प उठे। समिति के कई नवयुवकों को साथ लिया और बुन्देलखण्ड जा पहुंचे। मनोरमा को वचन दिया कि प्रतिदिन पत्र लिखेंगे और यथासंभव जल्द लौट आएंगे।

एक सप्ताह तक तो उन्होंने अपना वचन पालन किया, लेकिन शनै: शनै: पत्रों में विलम्ब होने लगा। अक्सर इलाके डाकघर से बहुत दूर पड़ते थे। यहां से नित्यप्रति पत्र भेजने का प्रबन्ध करना दु:साध्य था।

मनोरमा वियोग दु:ख से विकल रहने लगी। वह अव्यवस्थित दशा में उदास बैठी रहती, कभी नीचे आती, कभी ऊपर जाती,

कभी बाग में जा बैठती। जब तक पत्र न आ जाता वह इसी भांति व्यग्र रहती, पत्र मिलते ही सूखे धान में पानी पड़ जाता।

लेकिन जब पत्रों के आने में देर होने लगी तो उसका वियोग-विकल हृदय अधीर हो गया। बार-बार पछताती कि मैं नाहक उनके कहने में आ गई, मुझे उनके साथ जाना चाहिए था। उसे किताबों से प्रेम था पर अब उनकी ओर ताकने को भी जी न चाहता। विनोद की वस्तुओं से उसे अरुचि-सी हो गई। इस प्रकार एक महीना गुजर गया।

एक दिन उसने स्वप्न देखा कि अमरनाथ द्वार पर नंगे सिर, नंगे पैर खड़े रो रहे हैं। वह घबराकर उठ बैठी और उग्रावस्था में दौड़ी द्वार तक आई। यहां का सन्नाटा देखकर उसे होश आ गया। उसी दम मुनीम को जगाया और कुंवर साहब के नाम तार भेजा। किन्तु जवाब न आया। सारा दिन गुजर गया। मगर कोई जवाब नहीं। दूसरी रात भी गुजरी लेकिन जवाब का पता न था। मनोरमा निर्जल, निराहार मूर्च्छित दशा में अपने कमरे में पड़ी रहती। जिसे देखती उसी से पूछती जवाब आया? कोई द्वार पर आवाज देता तो दौड़ी हुई जाती और पूछती कुछ जवाब आया?

उसके मन में विविध शंकाए उठती, लौंडियों से स्वप्न का आशय पूछती। स्वप्नों के कारण और विवेचना पर कई ग्रंथ पढ़ डाले, पर कुछ रहस्य न खुला। लौंडियां उसे दिलासा देने के लिए कहतीं, कुंवरजी कुशल से हैं। स्वप्न में किसी को नंगे पैर देखें तो समझो वह घोड़े पर सवार है। घबराने की कोई बात नहीं। लेकिन मनोरमा को इस बात से तसकीन न होती। उसे तार के जवाब की रट लगी हुई थी, यहां तक कि चार दिन गुजर गए।

किसी मुहल्ले में मदारी का आ जाना बालवृन्द के लिए एक महत्व की बात है। उसके डमरू की आवाज़ में खोंचेवाले की क्षुधावर्धक ध्वनि से भी अधिक आकर्षण होता है। इसी प्रकार मुहल्ले में किसी ज्योतिषी का आ जाना मार्के की बात

है। एक क्षण में इसकी खबर घर-घर फैल जाती है। सास अपनी बहू के लिये आ पहुंचती है, माता भाग्यहीन कन्या को लेकर आ जाती हैं। ज्योतिषी जी दुख:सुख की अवस्थानुसार वर्षा करने लगते हैं। उनकी भविष्यवाणियों में बड़ा गूढ़ रहस्य होता है। उनका भाग्य-निर्णय भाग्य रेखाओं से भी जटिल और दुष्ग्राह्य होता है। संभव है कि वर्तमान शिक्षा विधाता ने ज्योतिष का आदर कुछ कम कर दिया हो पर ज्योतिषी जी के महात्म्य में जरा भी कमी नहीं हुई। उनकी बातों पर चाहे किसी को विश्वास न हो पर सुनना सभी चाहते हैं। उनके एक-एक शब्दों में आशा और भय को उत्तेजित करने की शक्ति भरी रहती है, विशेषत: उसकी अमंगल सूचना तो वज्रपात के तुल्य है, घातक और दग्धकारी।

तार भेजे हुए आज पांचवा दिन था कि कुंवर साहब के द्वार पर एक ज्योतिषीजी भाग्य-विवेचना करने लगे, किसी को रूलाया, किसी को हंसाया। मनोरमा को खबर मिली। उन्हें तुरंत अंदर बुला भेजा और स्वप्न का आशय पूछा।

ज्योतिषीजी ने इधर-उधर देखा, पन्ने-के-पन्ने उलटे, ऊंगलियों पर कुछ गिना, पर कुछ निश्चय न कर सके कि क्या उत्तर देना चाहिए। बोले– 'क्या सरकार ने यह स्वप्न देखा है?'

मनोरमा बोली– 'नहीं, मेरी एक सखी ने देखा है, मैं कहती हूं यह अमंगल-सूचक है। वह कहती है, मंगलमय है। आप इसकी क्या विवेचना करते है।'

ज्योतिषी फिर बगले झांकने लगे। उन्हें अमरनाथ की यात्रा का हाल न मालूम था और इतनी मुहलत ही मिली थी कि यहां आने के पूर्व वह अवस्था-ज्ञान प्राप्त कर लेते जो अनुमान के साथ मिलकर जनता में ज्योतिष के नाम से प्रसिद्ध है। जो प्रश्न पूछा था कि उसका भी कुछ सूत्रसूचक उत्तर न मिला। निराश होकर मनोरमा का समर्थन करने में ही अपना कल्याण देखा।

     पंचपरमेश्वर और अन्य कहानियां

बोले- 'सरकार जो कहती हैं वही सत्य है। वह स्वप्न अमंगल सूचक है।'

मनोरमा खड़ी सितार के तार की भांति थर-थर कांपने लगी। ज्योतिषीजी ने उस अमंगल का उद्घाटन करते हुए कहा- 'उनके पति पर कोई महान संकट आने वाला है, उनका घर नाश हो जायेगा, वह देश-विदेश मारे-मारे फिरेंगे।'

मनोरमा ने दीवार का सहारा लेकर कहा- 'भगवान, मेरी रक्षा करो और मूर्छित होकर जमीन पर गिर पड़ी।'

ज्योतिषीजी अब चेते। समझ गए कि बड़ा धोखा खाया। आश्वासन देने लगे, आप कुछ चिंता न करें। मैं उस संकट का निवारण कर सकता हूं। मुझे एक बकरा, कुछ लौंग और कच्चा धागा मंगा दें। जब कुंवरजी के यहां से कुशल-समाचार आ जाये तो दक्षिणा चाहे दे दें। काम कठिन है पर भगवान की दया से असाध्य नहीं है। सरकार देखें, मुझे बड़े-बड़े हाकिमों ने सर्टिफिकेट दिये हैं। अभी डिप्टी साहब की कन्या बीमार थी। डॉक्टरों ने जवाब दे दिया था। मैंने मंत्र दिया, बैठे-बैठे आंखें खुल गयीं। कल की बात है, सेठ चंदूलाल के यहां से रोकड़ की एक थैली उड़ गयी थी, कुछ पता न चलता था, मैंने सगुन विचारा और बात-की-बात में चोर पकड़ लिया। उनके मुनीम का काम था। थैली ज्यों-की-त्यों निकल आयी।

ज्योतिषी जी तो अपनी सिद्धियों की सराहना कर रहे थें और मनोरमा अचेत पड़ी हुई थी।

अकस्मात् वह उठ बैठी, मुनीम को बुलाकर कहा- 'यात्रा की तैयारी करो, मैं शाम गाड़ी से बुंदेलखण्ड जाऊंगी।'

मनोरमा ने स्टेशन पर आकर अमरनाथ को तार दिया- 'मैं आ रही हूं।' उनके अंतिम पत्र से ज्ञात हुआ था कि वह कबरई में हैं, कबरई का टिकट लिया। लेकिन कई दिनों से जागरण कर रही

थी। गाड़ी पर बैठते ही नींद आ गयी। और नींद आते ही अनिष्ट शंका ने एक भीषण स्वप्न का रूप धारण कर लिया।

उसने देखा सामने एक अगम सागर है, उसमें एक टूटी हुई नौका हलकोरें खाती बहती चली जाती है। कभी नीचे, सहसा उस पर एक मनुष्य दृष्टिगोचर हुआ। यह अमरनाथ थे, नंगे सिर, नंगे पैर, आंखों से आंसू बहाते हुए। मनोरमा थर-थर कांप रही थी। जान पड़ता था नौका अब डूबी....और अब डूबी। उसने जोर से चीख मारी और जाग पड़ी। शरीर पसीने से तर था, छाती धड़क रही थी। वह तुरन्त उठ बैठी, हाथ मुंह धोया और इसका इरादा किया अब न सोऊंगी। हां! कितना भयावह दृश्य था। परम पिता! अब तुम्हारा ही भरोसा है। उनकी रक्षा करो।

उसने खिड़की से सिर निकालकर देखा। आकाश पर तारागण दौड़ रहे थे। घड़ी देखी, बारह बजे थे, उसको आश्चर्य हुआ मैं इतनी देर तक सोयी। अभी तो एक झपकी भी पूरी न होने पायी।

उसने एक पुस्तक उठा ली और विचारों को एकाग्र कर पढ़ने लगी। इतने में प्रयाग आ पहुंचा, गाड़ी बदली। उसने फिर किताब खोली और उच्च स्वर में पढ़ने लगी। लेकिन कई दिनों की जगी आंखें इच्छा के अधीन नहीं होती। बैठे-बैठे झपकियां लेने लगी, आंखें बंद हो गयी और एक दूसरा दृश्य सामने उपस्थित हो गया।

उसने देखा, आकाश से मिला हुआ एक पर्वत शिखर है। उसके ऊपर के वृक्ष छोटे-छोटे पौधों के सदृश दिखाई देते हैं। श्यामवर्ण घटाएं छायी हुई हैं, बिजली इतनी जोर से कड़कती है कि कान के परदे फट जाते हैं, कभी यहां गिरती है कभी वहां। शिखर पर एक मनुष्य नंगे सिर बैठा हुआ है। उसकी आंखों का अश्रु-प्रवाह साफ दिख रहा है। मनोरमा दहल उठी, यह अमरनाथ थे। वह शिखर से उतरना चाहते थे लेकिन मार्ग न मिलता था। भय से उनका मुख-वर्ण शून्य हो रहा था। अकस्मात् एक बार बिजली का भयंकर नाद सुनायी दिया। एक ज्वाला-सी दिखाई दी

और अमरनाथ अदृश्य हो गया। मनोरमा ने फिर चीख मारी और जाग पड़ी। उसका हृदय बांसों उछल रहा था, मस्तिष्क चक्कर खाता था। जागते ही उसकी आंखों से जल-प्रवाह होने लगा। वह उठ खड़ी हुई और कर जोड़कर ईश्वर से विनय करने लगी। ईश्वर मुझे ऐसे बुरे-बुरे स्वप्न दिखाई दे रहे हैं, न जाने उन पर क्या बीत रही है, तुम दीनों के बन्धु हो, मुझ पर दया करो, मुझे धन और सम्पत्ति की इच्छा नहीं, मैं झोंपड़ी में खुश रहूंगी, मैं केवल उनकी शुभकामना रखती हूं। मेरी इतनी प्रार्थना स्वीकार करो।

वह फिर अपनी जगह पर बैठ गयी। अरुणोदय की मनोरम छटा और शीतल सुखद समीर ने उसे आकर्षित कर लिया। उसे संतोष हुआ, किसी तरह रात कट गयी। अब तो नींद न आएगी। पर्वतों से मनोहर दृश्य दिखाई देने लगे, कहीं पहाड़ियों पर भेड़ों के गल्ले, कहीं पहाड़ियों के दामन में मृगों के झुंड, कहीं कमल के फूलों से लहराते सागर। मनोरमा एक अर्धस्मृति की दशा में इन दृश्यों को देखती रही। लेकिन फिर न जाने कब उसकी अभागी आंखें झपक गयी।

उसने देखा अमरनाथ घोड़े पर सवार एक पुल पर चले जाते हैं। नीचे नदी उमड़ी हुई है, पुल बहुत तंग है, घोड़ा रह-रहकर बिचकता है और अलग हो जाता है। मनोरमा के हाथ-पांव फूल गये। वह उच्च-स्वर से चिल्ला-चिल्लाकर कहने लगी – घोड़े से उतर पड़ो, घोड़े से उतर पड़ो, यह कहते हुए वह उनकी तरफ झपटी, आंखें खुल गयी। गाड़ी किसी स्टेशन के प्लेटफार्म से सनसनाती चली जाती थी। अमरनाथ नंगे सिर, नंगे पैर प्लेटफार्म पर खड़े थे। मनोरमा की आंखों में अभी तक वहीं भयंकर स्वप्न समाया हुआ था। कुंवर को देखकर उसे भय हुआ कि वह घोड़े से गिर पड़े और नीचे नदी में फिसलना चाहते हैं। उसने तुरन्त उन्हें पकड़ने को हाथ फैलाया और जब उन्हें न पा सकी तो उसकी सुषुप्तावस्था में उसने गाड़ी का द्वार खोला और कुंवर

साहब की ओर हाथ फैलाये हुए गाड़ी से बाहर निकल आयी। तब वह चौंकी, जान पड़ा किसी ने उठाकर आकाश से भूमि पर पटक दिया, जोर से एक धक्का लगा और चेतना शून्य हो गयी।

यह करबई का स्टेशन था। अमरनाथ तार पाकर स्टेशन पर आये थे। मगर यह डाक थी, वहां न ठहरती थी, मनोरमा को हाथ फैलाये गाड़ी से गिरते देखकर वह हां-हां करते हुए लपके लेकिन कर्मलेख पूरा हो चुका था। मनोरमा प्रेमवेदी पर बलिदान हो चुकी थी।

इसके तीसरे दिन वह नंगे सिर, नंगे पैर भग्नहृदय घर पहुंचे। मनोरमा का स्वप्न सच्चा हुआ।

उस प्रेमविहीन स्थान में अब कौन रहता। उन्होंने अपनी सम्पूर्ण सम्पत्ति काशी सेवा-समिति को प्रदान कर दी और अब नंगे सिर, नंगे पैर विरक्त दशा में देश-विदेश घूमते रहते हैं। ज्योतिषीजी की विवेचना भी चरितार्थ हो गयी।

■■■

www.ingramcontent.com/pod-product-compliance
Lightning Source LLC
LaVergne TN
LVHW020050160726
843469LV00043B/1572